Darío Xohán Cabana

Fortunato de Trasmundi

Deseño de cuberta: Miguel Vigo
Ilustración da cuberta: Perfecto Estévez

1ª edición: 1990
2ª edición: 1991
3ª edición: 1992
4ª edición: 1993
5ª edición: 1996
6ª edición: 2000
7ª edición: 2002
8ª edición: 2006

© Darío Xohán Cabana, 1990
© Edicións Xerais de Galicia, S.A., 2006
Dr. Marañón, 12. 36211 Vigo
xerais@xerais.es

ISBN: 84-9782-438-5
Depósito Legal: VG. 271-2006

Impreso en Rainho & Neves Lda.
Rúa do Souto, 8
S. João de Ver - Feira (Portugal)

NARRATIVA

Darío Xohán Cabana
Fortunato de Trasmundi

XERAIS

A Amelia e Alexandra, que comigo armaron
como contar esta historia.
Ó Martiño, que mentres tanto durmía no sofá.

1

Onde, como é costume, comeza a historia

Ó redor do campo de fútbol había mil persoas ou máis. As curtas chaquetas de pano verde servíanlles de asento a moitos que non querían arrefriar os seus cus sentándoos directamente na herba, e as monteiras vermellas erguían os seus bicos en ángulos variados segundo os varios humores, pero sempre elegantes. Unha banda de gaiteiros cunha grea de cativos detrás paseaba ó redor do campo baleiro, entre a moitedume e a liña exterior. As máis das femias adultas fumaban herbas de olor en longas cachimbas, e os máis dos machos zugaban caramelos e castañas confeitadas.

Os gaiteiros acabaron a un tempo de tocar unha peza e mais de dar unha volta ó campo, e quedaron parados diante dun estaribel de madeira a modo de palco, que se erguía no lado do oeste. A un e outro lado do palco estaban os dous equipos, e corenta e cinco pés —contando un só do árbitro, que tiña unha perna de madeira por causa dun accidente— golpeaban o chan con algunha impaciencia. O gaiteiro maior preguntou:

—¿E logo, non empezades? Xa levades media hora de atraso.

—¿E como hamos empezar, se falta o rei?

—Que falla vos fai, total non vai xogar.

—Pero ten que facer o saque de honor...

—Boh, baballoadas. Saíde ó campo, que vos fago eu o saque, e que gañe quen poida.

—Non pode ser. ¿Ou vai vir un gaiteiro e botar pola terra as fermosas tradicións dos nosos partidos? Nós non xogamos mentres non veña o rei.

—Pois daquela será mellor que o mandedes buscar, que a bo seguro estará na taberna. O bafo da cervexa hóubolle escurecer a memoria. A ver, se queredes vou eu.

E o gaiteiro maior levou a palleta á boca e saíu coa súa banda marcando o paso cara á taberna do Galo, que é a principal e única da capital federal de Trasmundi, pequena e gloriosa cidade onde mora o rei cos seus padioleiros.

Á volta dun pouco viuse chegar o maxestoso cortexo. Abrían paso os gaiteiros cos solemnes acordes da Marcha Republicana, e dous e dúas portaban a ombros a real angarella con paso non moi igual, pero cheo de dignidade. Grazas ó seu excelente equilibrio de pesos, o honorable vehículo ben poucas veces entornaba, a pesar da afección á bebida que os portadores mostraban nas ocasións máis sinaladas. Para que o rei non beba só, soían dicir cando alguén lles reprochaba o vicio.

De pé na suntuosa angarella, coas pernas abertas por darse máis base, o rei Asclepiodoto saudaba as multitudes, que o aclamaban cordialmente, se non con moito respecto, e lle abrían á procesión un paso ata o palco presidencial. As gargalladas facíanse estentóreas cada vez que un portador vacilaba e se abalaba a padiola. O pobre do rei víase negro para manter a súa precaria verticalidade, pero lográbao e ríase tamén.

—Abaixo, meus fieis –dixo o rei, e a voz saíulle potente por entre as súas longas barbas–. ¡Abaixo, mangantes, ou non oídes? ¡Estes guichos estanme perdendo o respecto! Ai, Fortunato, meu fillo, non che podo con eles, e eles cando beben non poden comigo.

O capitán do equipo de Cuspedriños de Riba achegouse ó seu rei e pai, e axudoulle a descender en canto os portadores baixaron as angarellas a unha altura axeitada. Asclepiodoto quedou no centro do círculo que formaron os xogadores.

—A ver, a ver, ¿sorteamos xa o campo? ¿Alguén trouxo este ano algunha moeda?

—¿Que é unha moeda? –preguntou un cativo que atusmaba por entre as pernas dos xogadores.

—¿Que é unha moeda? ¿E que vai ser unha moeda? Unha moeda é..., pois, unha moeda é unha moeda, e acabouse. A ver, ¿tédela ou non?

—¿E como hamos saber se a temos, se non nos dás dito o que é? –volveu preguntar o cativo.

—Mirade, quitádeme de aí ese rapaz. Esta xente non fai máis ca preguntas, e eu non teño gana de dar agora un discurso sobre a economía monetaria. Se non tedes moedas, traédeme unha pedra plana.

O rapaz quitou do peto unha lousiña pequena e arredondada.

—¿Váleche esta, señor rei?

—Vale, vale, con tal de que cales. A ver, capitáns, pedide.

—Cuspe –dixo Fortunato.

—Seco –dixo Hermelinda.

Asclepiodoto cuspiu nunha cara da pedra e tirouna ó aire. Cando caeu, varias cabezas chocaron coa présa de vela.

—Saíu cuspe –dixo o cativo–. ¡Gañou Fortunato! ¡Gañou Cuspedriños de Riba!

—Xa levan nove anos gañando o sorteo, e mais aínda non lles valeu de nada –observou Hermelinda–. E hogano tampouco, xa se verá. Veña pró campo.

—Agarda un momento, que aínda teño que escoller –dixo Fortunato–. Escollo o norte.

—Ai fillo, de pouco che ha de servir.

—Cala a boca, meu pai, que este ano vimos moi ben adestrados. Con tal de que o árbitro non se nos poña en contra, gañamos seguro.

A multitude impacientábase. Un berro de «Queremos ver xogar» ergueuse solitario, e axiña se converteu en consigna coreada por todos, ó compás da cal desfilaron os dous equipos cara ó centro do campo. Unha ringleira de vinte e dúas pernas, moi peludas por baixo dos calzóns de perneira curta, formou ó norte da liña do medio, e outra ringleira doutras tantas pernas lampiñas púxose moi aguerrida na banda contraria. No medio das dúas renques agardaba o rei coa pelota na man. O árbitro chegou cando xa todos estaban colocados, rengueleando coa súa perna de pau e co chifre na boca. Os acordes do himno da Confederación, interpretado pola banda de gaiteiros das Sete Parroquias, fixeron calar os berros da xente. As aguzadas orellas quedaron moi tesas e inmóbiles, pero ninguén considerou oportuno manifestar o seu patriotismo doutra maneira, e quen estaba sentado seguiuno estando, e quen estaba estomballado non se dignou poñerse dereito.

Un redobre de tambor marcou o final do himno e a entrada do pregoeiro, que cos seus poderosos pulmóns deu clara lectura ó bando real:

—De parte do rei faise saber: Por décima vez asistimos á grande final desta liga das Sete Parroquias retiradas do mundo. Como anos pasados, quedaron vencidas as cinco parroquias que teñen equipos de machos e femias en varias mesturas. É grande misterio que cheguen á fin sempre estes equipos que aquí están no campo dispostos á loita, un deles composto de femias tan só, e un outro formado por machos namais. Nas nove finais que xa levan xogadas gañaron as femias e os machos perderon. Non sei se este ano será o mesmo conto, pero este partido ten grande interese. Que o público garde cortés compostura, e que o árbitro saia sen dano do campo. Prohíbese a entrada no espazo de xogo. Non ouse ninguén tirar pau ou pedra so pena de multa de catro xostradas. Permítese o insulto, xa que é de costume. E agora escoitade quen forma os equipos.

«Por Cuspedriños de Baixo, Basilisa de porteira; na defensa, Gumersinda, Rudesinda e Hermelinda, que tamén é capitá; mediocampistas voantes, Florismunda e Sexismunda; e no ataque xogarán Rigoberta, Filiberta, Dagoberta e Adalberta, e Eufrosina, que non rima, por lesión de Melicerta.

«Por Cuspedriños de Riba, Fortunato de porteiro, capitán do seu equipo; na defensa, Secundino, Severino e Cupertino; polo medio formarán Malaquías e Ananías, e no ataque, Robustiano, Salustiano, Quintiliano, Diocleciano e Simpliciano. Por se acaso hai accidentes, será médico Esculapio; serán xuíces de liña Recesvinto e Chindasvinta; e pra arbitrar o partido, ¿quen mellor ca Xustiniano?»

Calou o pregoeiro entre urros aprobatorios do público, que lle estimou moito a métrica habilidosa do bando, e Basilisa e Fortunato marcharon correndo para as súas portarías. O rei pousou a pelota no centro do campo, cuspiu nas mans e fregounas como preparándose para un grande esforzo. O árbitro deu un chifrido, e Asclepiodoto pegoulle unha patadiña ó balón para poñelo en xogo.

O follón empezou, e ó rei custoulle traballo escapar do remuíño, e correu coma levado do demo cara ó palco presidencial. Os seus portadores axudáronlle a gabear nel, e deixouse caer na cadeira que tiña disposta arriba cun fondo suspiro de alivio.

A capitá de Cuspedriños de Baixo fixérase co balón e chupaba nel canto podía polo medio do campo, sorteando as entradas de modo non sempre moi ortodoxo, a xulgar polos adversarios que caían ó encontrarse con ela. Xustiniano coxeaba dun lado para outro, pero pouco miraba para o xogo, pois o máis do tempo e dos folgos gastábaos en contestar os insultos que desde o público lle chovían. Para dicir verdade, respostaba con grande eficacia, o que daba lugar a estoupidos de risa entre os espectadores e a un aumento dos aldraxes, para provocalo máis aínda. El deixábase querer.

Cando a Hermelinda cansou de chupar bóla, pasoulla á Rigoberta, que se internou coma unha frecha no campo inimigo, chegou á área de penalti e chutou cun pé esquerdo endemoñado á esquina dereita da portaría de Fortunato, que estaba nas verzas e non deu feito nada. O clamor de ¡gooooool! apartou a Xustiniano da retesía que mantiña cunha vella de boca rachada. Fíxose cargo da situación cunha ollada, e decidiuse a levar o chifre á boca e a sancionar o punto cun asubío algo retrasado.

Volveron os xogadores ó centro, os de Cuspedriños de Riba doentes, e as de Cuspedriños de Baixo con moitas risadas e moitas palmadas nas costas. A pelota volveuse poñer en xogo. O público empezou a atender e xa case non insultaba ó árbitro, que de vez en cando miraba para as bandas e sacaba a lingua contra os espectadores, como pedindo guerra. Pero a xente divertíase máis co xogo, que cada vez era máis abondoso en situacións pintorescas, coma cando Salustiano tropezou e se agarrou a Simpliciano polas cadeiras, e de pouco lle valeu, pois terminou caendo igual e de camiño tirou o compañeiro co cu ó aire e os tornecelos trabados polos calzóns.

O dominio do Cuspedriños de Baixo consolidouse. Unha férrea defensa e un aceirudo ataque ben combinados permitíanlles seguir coa súa porta imbatida cando xa o pobre do Fortunato, que movía as orellas coa cólera, levaba encaixado cinco goles, dous deles algo protestados.

Sacaron do quinto, e fíxose co balón Eufrosina, que parecía sentirse un pouco fóra de lugar. Nun descoido que tivo, o Simpliciano, que estaba moi avergonzado pola súa involuntaria exhibición, agarrou a pelota entre os pés coma se lle fose a vida no asunto e lanzouse cara a diante tal que un furacán, coas mans estendidas ante si por se acaso. Ninguén se atreveu a entrarlle, Simpliciano mandou un tiro longo e mal intencionado, e a Basilisa encaixou o seu primeiro gol da xornada.

Ergueuse un clamor de entusiasmo entre os espectadores, que empezaban a aborrecerse coa monotonía do marcador. Algúns dos siareiros do Cuspedriños de Riba quixeron botarse ó campo, pero os xuíces de liña disuadíronos manexando os mangos das bandeirolas con moito vigor.

Calmouse un pouco o barullo e recomezou o partido. Nunha xogada combinada pola banda, avanzaron perigosamente Rigoberta e Sexismunda. Fortunato remexíase inquedo debaixo dos paus, ora xirando para a dereita, ora para a esquerda, mais de súpeto o defensa Secundino atallou un pase longo e levou a bóla nunha frenética carreira crebada ata a porta contraria, e entrou canda ela ata que deu de fuciños coa rede. O campo era un pandemonio de urros entusiásticos, e non era o menos berrón o rei, posto de pé no seu poleiro. Traballo levou, e non pouco, despexar o campo de intrusos. Os xogadores empezaron a axudarlles ós linieres, e respondían a couces e cometóns ós intentos de abrazalos dos máis fanáticos. Fortunato brincaba e envorcallábase dentro da súa área. O árbitro asopraba no chifre e tranqueleaba dun lado para outro, e ninguén lle facía caso. Por fin, escoitouse por riba do estronicio o redobre do tambor do pregoeiro, que ameazou con graves castigos a quen for ousado de seguir impedindo o desenvolvemento normal do partido. ¡Sodes peor cós de Fóra, centella vos coma!, dixo para si ó acabar de reñerlles, e pareceulle que era en voz baixa, pero sentíuselle en máis da metade do campo.

Xa non quedaba moito do primeiro tempo. As xogadoras do Cuspedriños de Baixo cerraron a defensa e non se arriscaban a moitos ataques. O capitán do Cuspedriños de Riba berraba cos seus animándoos e chamándolles mamalóns, e a que esperaban se xa as tiñan no papo, pero non lle valía. No minuto corenta e dous, Eufrosina colleu a pelota no medio do campo, atravesou coma un ciclón a defensa de Riba e disparou un tiro baixo a unha esquina. Fortunato saltou, pareceu que quedaba un intre parado no aire, xa case se vía entrar a bóla, xa se articulaba o G de gol en mil gorxas, mais o capitán porteiro caeu a tempo e agarrouna entre os brazos, arrincando un aplauso do público. Levantouse coa pelota na man, achegouse á beira da área e quedouse mirando.

—Pásama dunha vez, papaleisón –dixo Malaquías–, que lles temos comida a moral.

—Que che vou pasar a ti, chaíñas, que tes as pernas de chumbo.

—Pasa, Fortunatiño, que vai acabar o tempo. Pasa, ho, que o árbitro xa se está cabreando.

Fortunato dubidou, pousou a pelota no chan, aceouse atrás como collendo carreira, parouse dubidando outra vez, tocou o balón co pé e seguiu tras del correndo coma un lostrego.

Avanza Fortunato polo medio do campo, acomételle Gumersinda, Fortunato segue controlando o balón, segue correndo, xa chega ó medio do campo, sortea a Rudesinda, avanza máis aínda, acércase perigosamente á área inimiga, Hermelinda éntralle de inxergo, Fortunato segue correndo cego de entusiasmo, vai tirar a porta, dáse conta de que non leva o balón, dá volta e ve pola banda do leste a Hermelinda que corre con el entre as pernas, que esquiva a cantos se poñen por diante e que desde o centro do campo tira contra a porta onde el tiña que estar, e a pelota entra amodiño

amodiño polo medio e medio, e non hai que facerlle, e son seis a dous. Xustiniano pita o gol, e o chifre apenas se sente entre as escandalosas risadas que fan tremer as columnas do ceo. A xente invade o campo outra volta, esquecida das ameazas do pregoeiro, e o árbitro opta por pitar tamén o final do primeiro tempo, que total só falta medio minuto, e a ver se durante o descanso volve a formalidade.

2

Onde se conta a tumultuosa asemblea da taberna do Cervo Fanado

Na taberna do Cervo Fanado había moito rembombio aquela noite. Non estaban só os siareiros de costume, pois a derrota do equipo de Cuspedriños de Riba fixera vir xente das outras parroquias, ansiosa de divertirse á conta dos vencidos. O mesmo rei non se sentía nada impedido polo seu afecto paternal, e esperaba a ocasión de rirse de Fortunato recordándolle a súa heroica saída ó ataque, que tan mal resultado lle dera. O segundo tempo do partido fora un paseo triunfal das xogadoras de Cuspedriños de Baixo, que calcaran seis goles por un que de potra deu metido Diocleciano nun descoido da porteira Basilisa. Doce a tres rematara a final. E non foron máis porque nos destes lástima, díxolle Hermelinda a Fortunato, que arrabeaba.

Pero os xogadores non daban chegado, e mentres tanto a xente divertíase como podía. Asclepiodoto e os seus portadores estaban sentados ó redor dunha mesa. Sobre dela, un barril abillado para a ocasión enchía de cervexa negra as súas xarras cunha frecuencia moi regular. Pé da porta estaba a angarella real arrimada á parede, ben segura de que os seus traballos do día acabaran, pois o estado do rei e dos seus facía máis aconsellable que se retirasen esteados uns nos outros, e aínda así seríalles difícil manter o equilibrio. Noutra mesa máis pequena, compartían cachimba o árbitro Xustiniano e mais a tipa coa que retesiara ó comezo do partido, e intercambiaban coma bos irmáns os seus moitos saberes en materia de insulto artístico. De cando en cando, celebraban con estentóreas risadas algún aldraxe especialmente floreado.

A taberneira e o taberneiro circulaban de mesa en mesa, servindo unha xarra aquí e dando unha palmada na espalda acolá, coma tódolos taberneiros do mundo. De cando en vez, algún siareiro erguíase, achegábase á porta, miraba para fóra e volvía ó seu sitio dando á cabeza e dicindo que non.

—¿Onde andarán eses rapaces? Daralles vergonza vir.

—Será por outra cousa, que a vergonza nin a coñecen.

—Pois xa tiñan que ter vido. O costume é o costume, e hai que celebrar a derrota.

—Tamén xa son moitos anos perdendo sempre. E cada vez a peor.

—¿E logo impórtache moito como acabara? Foi divertido mentres durou.

—Importar non me importa moito, senón que sempre é mellor gañar ca perder, paréceme a min. Pero ese Fortunato ten menos xuízo ca un crío, e non me estraña que perdan, con tal capitán. ¡Tres a doce, centella viva!

—¿E logo hai outro que sexa mellor có meu fillo? –protestou o rei–. E ademais xa non é tan crío, que ten feitos os trinta.

—Mellor mellor, non sei se o haberá ou non. Pero ser éche un neno, meu rei, e aínda ten a casca no cu. Onde haxa un tipo maduro pra dirixir a manobra, duns cen anos ou así, que se aparte esta rapazolada de agora.

—Pois non che vexo eu tanto sentido, pró tempo que tes.

Sentiuse un ruído fóra e abriuse a porta. A cabeza de Fortunato asomou axexando para un lado e para outro. Baixou a punta das orellas, coma can que as ten moi feitas, estivo entre volver para atrás, e por fin decidiuse a pasar, resignado. A sala da taberna quedou en silencio mentres el entraba, seguido polo resto do equipo.

—¿E logo de onde vides a estas horas? –preguntou Asclepiodoto–. Xa estamos cansos de agardar.

—Pois marcharades prá casa. ¿Ou nunca nos vistes?

—Nunca tan derrotados. E ademais, esa non é resposta pra teu pai e teu rei. Fai o favor de falarme con respecto e contestar ó que se che pregunta, se non queres levar unhas reais e paternas azoutas.

—Nin que te subas nas angarellas. Fomos dar unha volta e bañarnos no río Grande, que suamos abondo. ¿E que é o que queredes?

Asclepiodoto levantouse con algunha dificultade, subiuse na mesa facendo chanzo da banqueta, bateu palmas reclamando atención e dixo:

—Veña agora todos xuntos: a táboa do tres.

Tres por unha, tres;
tres por dúas, seis;
tres por tres, nove;
tres por catro, doce;
tres por cinco

—Parade o carro, parade o carro, que foron doce namais, e ben lle chegou –berrou Fortunato, todo indignado–. E a ver se traedes unhas xarras de cervexa, que nós fixemos canto puidemos, e máis non se pode pedir.

—¿E logo, as de Baixo, que vos fixeron? Mesmo parecía que vos tremían as pernas cando se vos achegaban.

—Seguro que lles trusgaban o ollo e se lles derretían os riles. ¡Rapaces de agora, que non pensan máis ca en moceos! Vólvense micos ó que ven unhas pernas sen pelo.

—Non ho, non, non che é eso. É que elas son máis espilidas, e teñen máis visión de conxunto. Por eso gañaron, por estratexia do xogo.

—¡Mira quen foi falar, a vella prosmeira! Nos partidos de antes, ben que lles gañaron estes ós outros equipos. E eso que no de Reximil non había máis ca dous varóns na defensa.

—É que esta liga hai que reformala. Xa se fai aburrido que tódolos anos remate igual e entre os mesmos equipos.

—¿E de quen foi a ocorrencia de facer un equipo de machos e outro de femias? Non lle vexo sentido.

—Nin eu tampouco, nin ninguén. Serache un misterio.

—A min paréceme que o fútbol é un deporte máis pra femias ca pra varóns. Dígoo polas patadas entre as pernas. Un varón sempre está máis indefenso.

—¡Outra cabra no millo! O caso é que o Cuspedriños de Riba sempre queda por baixo.

—¡A ver, que fale o capitán! Que bote o discurso de costume, que é tarde.

—Esperade, esperade, que llo digo eu cun verso, que pra eso me molestei en inventalo:

Que bote o seu discurso Fortunato,
que renda contas desta gran derrota,
que explique o sucedido de inmediato.

—¡Mira que es ben pedante! ¡De inmediato! ¿E logo non che valía dicir «decontado» coma os máis? E ese terceto éche tamén unha boa paniogada, dígocho eu. Non ten nin unha migalla de poesía. Fala en prosa coma todo mundo, rapaz, e así darás menos que dicir.

—Non cambies de tema, Fortunatiño, e bota o discurso. O teu público reclámate. Anda, explícanos agora por que vos meteron esa pallosca. Non estabas tan manso onte, meu rulo, brolleando do voso entreno e de que non vos habían chegar a un dente, e que tumba e que dálle.

—Falar é parola. No campo pasou o que pasou, e non hai máis que dicir.

—Hai, hai. Veña, sube na mesa e bota o discurso.

Remusgouse Fortunato, pero viu que todos miraban para el, e terminou subindo de mala gana na mesa do rei. Tusiu por aclarar a voz e empezou.

—Veciños e veciñas, foristeiras e foristeiros, amigas e amigos, compañeiros e

—Corta rollo, Fortunato, que así non dás arrincado.

—Boh, se non me deixades falar...

—Deixamos, deixamos, pero abrevia os prólogos, que nós ben che sabemos o que temos entre as pernas.

—Vale. Amado público, como porteiro, capitán e presidente do vencible Club de Fútbol de Cuspedriños de Riba, cábeme hoxe o dubidoso honor de dirixirvos o acostumado discurso de rendición de contas a vós, que sodes os nosos fieis seguidores e que sempre nos animastes co voso entusiasmo...

—Pois ben pouco aproveitastes a nosa animación...

—Cala a boca ti, Ceferino, que ben che oín chamarme chaíñas no campo. O de animar é unha licenza poética.

—Veña, sigue co discurso, que é tarde e vai chover.

—...co voso entusiasmo non sempre sincero, pero si ben intencionado, ou polo menos así quero crelo. Sabede, ilustres moradores de Cuspedriños de Riba, e vós tamén, ouh invitados benvidos nesta noite de derrota, que os once xogadores que somos sacrificamos moitas horas de lecer a un rigoroso adestramento que levabamos a cabo, posuídos de ardente fe na vitoria, mentres vós durmiades a sesta ou bebiades cervexa con gusto e moderación, ou mesmo con gusto só. Vosoutros estabades ó fresco e nosoutros pingabamos a gota gorda pra tensar os nosos músculos, pra afinar os nosos reflexos, pra mellorar a nosa coordenación. Criamos ó encomezar a Liga das Sete Parroquias que estabamos na mellor forma física, e estabamos certamente imbuídos da máis alta moral de vitoria. Os partidos que fomos xogando dábannos a razón cos sucesivos triunfos, algúns deles por goleada, que fomos conquistando.

—¡Porque tiñades o árbitro da vosa parte! –berrou un de Gondomil.

—Porque vos metemos sete goles e vós non nos metestes ningún: esa éche a conta por máis que te foda. Fomos conquistando vitorias, digo, nas idas e nas voltas desta enguedellada liga, e aproveito pra dicir que conviría moito perfeccionar o sistema de eliminatorias, ata que quedamos nós sós e mais esas pernas peladas de Cuspedriños de Baixo, igual ca tódolos anos. Mais hogano tiñamos confianza. As nosas pernas eran de aceiro, os nosos pés de ferro fundido, e eu sentía as mans áxiles coma andoriñas e fortes coma tenaces, e a mente áxil pra analizar calquera situación e apta pra concibir a táctica máis axeitada a cada caso. Saímos ó campo dispostos a gañar, sabendo que tiñamos nas puntas dos pés o honor de Cuspe

—Ei ei, non te embales, Fortunato, que tampouco non é pra tanto. ¡Nos vosos pés zopos, o noso honor! ¡Aviados estabamos!

—Meu pai, se queres, sube ti e sigue o discurso. Estou falando por imperativo consuetudinario, non por devoción.

—Sigue ti, sigue ti, e Asclepiodoto que cale a boquiña. ¡Bastante fala xa nas xuntanzas federais!

—Sigo logo. Prégolle a meu pai que lembre que, desque foi elixido prá súa alta maxistratura, o seu honor reside en tódalas parroquias por igual, razón pola que debe vivir na capital federal e non na súa parroquia nativa.

—Por favor, por favor –interveu a taberneira–, non te mudes agora de póla, que o dereito federal non o sabes ti mellor ca teu pai, que pra eso é o rei. É que bebeu algo de máis, como adoita, e aflóralle o patriotismo local sen querer. Sigue falando, que ías moi ben.

—Moitas grazas. Sigo e xa acabo. O caso é que en canto saímos ó campo as cousas empezaron a vir viradas. Non sei o que nos pasou, que parece que non viamos a bóla, e esas cachas peladas de Baixo xogaron con nós coma o gato co rato. Vós ben o vistes. O árbitro non, que atendía máis a insultar ó público que a pitar os penaltis. Si, falo de ti, Xustiniano. ¿Ou é que non viches a entrada antirregulamentaria que lle fixo a Rudesinda ó Robustiano, no medio da súa área? ¿E non viches tampouco que o derradeiro gol delas foi un fóra de xogo clarísimo?

O Xustiniano azunouse todo. Foise erguer, sen acordarse de que desatara a perna de pau para airear o coto, e caeu deitado no chan. Cando acabaron as gargalladas, o orador proseguiu.

—Xa estou acabando. Os meus compañeiros e mais eu queremos celebrar unha asemblea secreta. Teño unha idea xenial, feo que eu o diga, porque esta historia ten que acabar pró ano que vén, e non quero que saiban dela os de fóra desta parroquia. Vouna falar cos compañeiros, e mañá pola noite, se queredes, xuntámonos aquí sen foristeiros e cóntovola. Agora, coa vosa licenza, o equipo de Cuspedriños de Riba vaise xuntar no cuarto de atrás. E que ninguén veña escoitar á porta, que pode haber sorpresas desagradables.

Fixo unha reverencia, baixou da mesa, e seguido polos outros xogadores foise refuxiar no reservado, entre algúns aplausos e algúns asubíos. Algúns siareiros fóronse indo, outros quedaron moneando enriba das mesas, ou falando e bebendo. Asclepiodoto levantouse traballosamente.

—A ver, meus compañeiriños, imos andando, que hai que ir durmir.

—¿E por que non durmimos aquí? –preguntou Aldegunda, a portadora máis nova.

—¿Pero que é o que dis, rapaza? Ti debes estar bébeda. ¿Non sabes que o rei non debe durmir nunca fóra da capital federal? ¡Se aínda agora se falou deso!

—¡Que costume máis parvo! Total por unha noite...

—Nin unha nin media, que só se dispensa unha sestiña

que outra. A ver, deixade a angarella. Xa viredes mañá por ela, que agora non fai falla tanta cerimonia, nin estades pra trotes. Ale, boas noites a todos.

No cuarto de atrás, entrementres, Fortunato quería expoñer a súa idea, pero tiña que aturar os reproches de Robustiano.

—Mira qué capitán, deixar a portería e botarse a corricar polo campo. ¡Aquelo foi a nosa perdición!

—Pero se xa estabamos perdendo.

—Si, pero tiñámoslles comida a moral. Desque fixeches o parvo daquela maneira, medroulles a forza e mallaron en nós como quixeron. Quedamos sentenciados coa túa saída. Ti non vales pra capitán.

—Vaia, ho, logo vales ti. ¿E ó mellor queres selo?

—Pois non era descamiñado. ¡Un porteiro de capitán, nunca tal se viu! ¿Como podes gobernar o xogo se non estás canda os máis? E cando saes do teu sitio, vas e cágala. E ademais, o meu nome é máis longo có teu.

—¡O que faltaba! Fortunato ten catro sílabas, e Robustiano tamén. E en galego cóntanche as sílabas, meu rulo, non as letras, como se demostra pola arte da métrica.

—¿Ro-bus-ti-a-no catro sílabas, mamalón? Eu cóntolle cinco, que o i e mailo a fanche un hiato. ¿Ou é que tes as orellas atuídas?

—¡Mira pró señor limpeza! Se soletreas así, claro, pero resulta que o acento tónico vai no a e non no i, e polo tanto fórmanche un ditongo. ¡Bos versos farías ti se te meteses poeta, meu Ro-bus-tia-no!

—¡Mira quen fala! Ti de gramática sabes ben pouco.

—De sintaxe ben pode ser, pero na prosodia non che hai quen me poña o pé diante. E pasemos ó asunto, que esto é unha xuntanza do Club e non unha sesión da Academia da Lingua. O que eu vos propoño é ir buscar uns oriúndos entre a nosa xente de Fóra, e fichalos pró noso equipo.

—¡Pois vaia coa idea! ¿E que teñen eles que non teñamos nós? –protestou Robustiano.

—Non, ti paréceme que estás por levarme a contraria. O que teñen é que son máis áxiles ca nós, polo xénero de vida que levan. Eso sábeo calquera.

—¿Pero quererán vir? –terzou Ananías–. Xa sabedes que non son moi amigos de vivir en sociedade.

—Tampouco non se trata de que veñan vivir en Trasmundi, senón pasar unha tempada –dixo Fortunato–. Hai dous anos aínda veu un, de turista, e botou quince días.

—Pero con quince días non chega, que a liga dura tres meses entre pitos e frautas.

—Verdade, e aínda conviña que viñesen antes, por írmonos coñecendo. O caso era convencer dous ou tres.

—O caso era, se queren, se cadra, se non cadra –arremendou Robustiano–. Primeiro, seguro que non queren, e segundo, aínda que quixesen non servirían pra nada. O que hai que facer é empezar a adestrar agora mesmo e non agardar a un mes antes. O que algo lle gusta, algo lle custa.

—Non non, eso si que non –dixo Simpliciano–. Eu non estou disposto a pasar todo o ano suando coma un carneiro. É moito sacrificio, e non paga a pena. Eu doume de baixa.

—Agarda un momento, cu peludo –atallou Fortunato–. Eu tampouco non teño gana de rebentar. ¿Ou se cadra queres a baixa por outra razón? ¿Deuche moita vergonza quedar co cu ó aire diante da xente, ou?

—Non non, non é eso, eu sigo se queredes, eu vergonza non teño. Bo, algo teño, pero moita non. Eu son un máis, eu co que digas ti.

—O que diga Fortunato é unha cousa, e o que se fai se cadra é outra. Aquí hai que votar. A ver, definamos as posicións. Fortunato fala de ir catar reforzos a Fóra. Eu digo de non ir, e de empezar agora os adestramentos pró ano que vén.

—¡Non, os adestramentos non! Deso nadiña de nada –protestou Diocleciano.

—Vale, sen adestramentos, camada de loubáns. ¡Non tedes nin miga de espírito deportivo! Fortunato propón fichar xente brava, e eu deixar as cousas como están. Veña, votemos.

—Un momento, Robustiano, o presidente do club sono eu. Eu son quen ten que propoñer as votacións. A ver, votemos: que levante a man quen estea pola proposta do Robustiano.

Robustiano levantou a man canto puido, e o mesmo fixeron algúns máis despois dalgunha vacilación.

—Unha, dúas, tres, catro, cinco, seis –contou Fortunato.

—¡Seis e acabou a sesión! –berrou Robustiano moi rufo.

—Agarda razón, rapaz, que a sesión levántaa quen a preside –atallou Fortunato–. Sigamos votando, que é moi divertido. Agora, votos a favor da miña proposta.

E ergueu a man para dar un exemplo que seguiron Simpliciano, Quintiliano, Cupertino e Secundino. Fortunato contou de novo en voz alta:

—Un, dous, tres, catro, cinco. Seis, sete.

—Un momento un momento un momento –cabreouse Robustiano–. ¿Que maneira de contar é esa?

—¿Logo que é o que lle pasa á miña maneira de contar? Eu seiche contar moi ben, rapaz, que fun á escola canda ti, ¿ou non te lembras? E sempre fun mellor ca ti en aritmética.

—Eu non contei máis ca cinco.

—Pois peor pra ti, que contaches mal. Vexamos: ¿non son eu o porteiro do club?

—Es por certo, e non moi bo.

—Sono. O resto é unha opinión persoal. ¿E son ou non o capitán do equipo?

—Es tamén, malia quen votou por ti.

—Ti fuches un. E tamén son o presidente. ¿Que, son o presidente ou non?

—Serás.

—Sono e sereino, mentres non elixades outro. Así que a conta sae: a favor da miña proposta votaron dous defensas, dous dianteiros, o porteiro, o capitán e mais o presidente. Total, sete votos, que son máis ca seis, e polo tanto gañei a votación. Asunto decidido. ¿É así ou non?

—Si, si, si –dixeron todos, incluso o Robustiano sen darse conta. Logo ficou parado un instante, e berrou:– ¿Pero que coño de centella de democracia da puñeta é esta? ¡Nunca tal vin en tódolos días da miña vida! ¡Voume de aquí antes de que teña que andar a paus contigo e con estes mamóns! ¡Facede o que vos dea a santísima gana!

E saíu tropezando na porta e sen dar as boas noites a ninguén.

3

*Onde se fala da chegada cotiá
do señor Lourenzo e mais dos preparativos
da marcha de Fortunato*

O señor Lourenzo chantou os dedos na liña crebada do horizonte montesío, izouse timidamente e botou unha olladela disimulada sobre o país de Trasmundi, como explorando o terreo. Os sete vales, coma sete dedos dunha man confluíndo na Chaira da Palma, empezaban a espertar, vestidos xa coas galas da primavera florida. O señor Lourenzo, que sabe moito das cousas do mar, riuse para si pensando que Trasmundi tamén lle imitaba a un polbo manco dun brazo, e a cabeza podía sela a plana meseta. No medio desta erguíanse os altos e caprichosos edificios cerimoniais da capital federal, e non lonxe do río Grande deitábase o redondo Prado das Asembleas cos curiosos rectángulos e círculos de cal do campo de fútbol. Tanto estes últimos coma o mesmo prado, tan ben feitiño, parecíanlle ó señor Lourenzo unha delicada homenaxe á súa propia rotunda persoa, e sentiuse moi satisfeito. Unha airexa suave abaneaba as pólas dos castiñeiros e dos carballos, moitos destes xa en flor. Este ano non faltarán landras para o pan, nin para os cochos, nin centeo tampouco. ¡Sequera non veña un torbón derramar os froitos!, pensaba entre si o señor Lourenzo. Recreouse contemplando os pequenos horteiros, as froiteiras varias, as colmeas e os pequenos pradelos, os socalcos verdes que gabeaban as abas dos montes. O señor Lourenzo amaba as sete valiñas e a chaira, e procuraba sorrir sempre que pasaba por riba delas, por facerlles ben ós seus moradores; pois aínda que o señor Lourenzo sae para todos, tamén ten as súas preferencias, e brilla para uns máis ca para outros. Empezaban a garular os paxaros e a revoar procurando a súa mantenza, pero as parroquias da xente durmían, Gondomil e Reximil, Valiña Verde, Campodoso, Outeiriño e os dous Cuspedriños. Bonitos nomes, pensaba o señor Lourenzo, esperando a ver se se erguían. Por un intre chegou a pensar se non se trabucaría coa hora, pero deseguida rexeitou tal maxín. Tantos anos de experiencia no seu traballo facían impensable un error así. Boa xente, boa xente, pero moi amiga da cama, eso é o que pasa. Tentado estivo de volverse deitar outro pouco, pero acordouse dos paxaros que andaban xa facendo por vida. Eles erguéranse á hora debida, e non era cousa de os defraudar. E ademais, se non saio a tempo, ¿que vai pasar? Unha verdadeira catástrofe cósmica. Fóra preguiza, pensou. E despreguizándose, puxou para arriba con toda a potencia dos seus brazos e sacudiu a cabeleira, que quedou estendida en tódalas direccións.

Xa levaba un bo pedazo alumando cando os veciños da maioría das parroquias empezaron a saír das súas pequenas casas. Pero nos dous Cuspedriños a xente estaba moi atrasada no sono, e acudiu aínda máis tarde cós outros á súa cita co día. Eran cerca das doce –polo reloxo do señor Lourenzo–

cando Fortunato saíu da súa casa, que era do xénero palloza redonda, espreguizándose e bocexando aínda. Baixou ó regueiro para eslavuxarse un pouco, e meteu a cabeza debaixo da auga para despexarse de todo. Volveu para xunta a casa, chamou a cabra que andaba polo tellado xesteiro, munguiuna nun tangue de estaño e bebeu o leite poñendo cara de noxo. A cabra mirouno con aire moi ofendido e volveu brincar para enriba da casa. Fortunato fíxolle un aceno mal educado, que consiste en estender o dedo do medio da man destra, cerrando os outros case en forma de puño, mentres coa man esquerda aberta se golpea no papo do brazo dereito, previamente dobrado polo cóbado en ángulo recto. A cabra baliu iradamente, pero chamáronlle a atención unhas herbas que medraban no cumial, e púxose a pacelas. Fortunato sentouse no banco de ó carón da soleira, e pensou.

Cando lle pareceu que xa levaba cavilado bastante, entrou na casa e meteu cousas diversas nun saqueto de coiro a modo de macuto, e botouno ó lombo. Saíu para fóra, púxolle dúas pedras á porta para deixala asegurada de xeito que non pechase de todo, e volveuse cara á cabra, que o miraba con curiosidade desde a beira do tellado.

—Marcho de viaxe. Amáñate como poidas. E como me estres a casa, cando volva saberás quen son eu.

E Fortunato colleu a bo paso o camiño da capital federal, asubiando unha marcha.

Na cociña do pazo real estaban Asclepiodoto e os seus portadores, moi ocupados xogando ó tute cabrón. Non lle fixeron caso ningún ata que acabaron a partida, que estaba moi encarnizada, e gañouna Aldegunda cun colectivo. Entón, o rei dignouse saudar por fin ó visitante.

—Bos días, meu fillo. ¿Vés comer connosco, ou? Pois vés en mala ocasión, que estes mangantes puxéronse en folga, e eu non estou disposto a cociñar hoxe, que non me toca. Total, ando malo do estómago.

—Será polo moito que bebes. Pero non veño comer. Voume.

—Vaia, se aínda non chegaches.

—É que me vou de Trasmundi. Saio de viaxe.

E contou a decisión da asemblea do club, ocultando o sistema de reconto de votos, pois Asclepiodoto, unha vez elixido rei, volvérase moi formalista e moi mirado en cuestións de legalidade democrática.

—É a toleada máis grande que oín na miña vida –dixo o rei–. ¿Que vas atopar Fóra que non teñas aquí, de quitado eses xogadores? E encontraralos ou non. Mira o que fas, meu fillo, que o mundo é moi grande e ti es moi pequeno.

—Mira quen foi falar. Tamén ti saíches cando eras rapaz, e seguro que teu pai che dixo o mesmo que ti me estás dicindo agora. Ademais que non vou andar todo o mundo, que tampouco non sei idiomas.

—Pero meu fillo, ti es moi noviño aínda, eu cando saín era moito máis vello, polo menos dous anos. Podías esperar un pouco, que por eso non vas tirar a cría. Mentres, eu cóntoche cousas e estudas costumes, e así saes cunha preparación. ¿Ou pensas que toda a terra é país?

—Eu non penso nada. O que sei é que pró ano que vén quero gañar a liga, e o resto son contos. Veña, meu pai, dáme a túa beizón e acabemos axiña.

—Pero ho, ¿a ti que máis che ten gañar ca perder? O caso é xogar.

—Eso dise moi fácil. Pero a Hermelinda está moi soberbia, e téñolle que baixar os fumes, que se non... Ademais, así dou unha volta por Fóra, e ventílome un pouco. Viaxar ilustra moito.

—¡Ai Fortunato, Fortunato, a xuventude éche ben temeraria! Co ben que estás aquí, seguro e feliz, sen moito que traballar e con moito que farrear. E ti quéreste ir polo mundo, aínda que non sexa por todo, exposto a que un home te coñeza e se cadra te mate, ou a morrer nun accidente deses coches que hai agora, ou a calquera cousa. Quédate, fillo de meu, queda connosco. Sequera, queda comigo deica mañá, e se cadra aínda cambias de idea.

—Non cambio nin agardo máis. Polo serán xúntase a parroquia na taberna, e sábese todo o que tratamos en segredo, e se lles dá por aí son capaces de non deixarme marchar. Os de Cuspedriños de Riba estanche todos tolos.

—E os de Baixo, e os das outras parroquias tamén. Menos eu, claro, que pra eso son o rei.

—Un momento un momento un momento —atallou o máis vello dos portadores, que respondía ás veces ó nome de Afrodisio—. Eso non é lóxico. Se nós somos tolos e te eliximos rei, por forza tes que estar tolo tamén. Non iamos elixir un rei que fose tan diferente de nós. A min paréceme que máis ben te eliximos por seres o máis tolo de todos.

Asclepiodoto abriu a boca para replicar, pero pensouno mellor e cerrouna, colocando a man diante dela para finxir que fora un bocexo. Puxo cara de meditar profundamente, baixando o queixo contra o peito e estrando as súas senlleiras barbas nun abano coidadoso que case lle chegaría á cintura, se a tivese. Cando cansou de estar nesta posición, ergueuse do banco para conseguir máis maxestade e dixo:

—Fillo meu Fortunato, agora xa vou vello e estou algo gordo, de maneira que me parece que me falta cinto, ou que me sobra barriga. Por eso non te podo acompañar nesta viaxe, e pra dicirche a verdade, síntocho ben, pois na que fixen de novo moito me divertín, e levo xa cen anos divertíndome coa lembranza daquelas aventuras. Visto está que é propio da xente nova facer loucuras, e da xente vella sentir non poder facelas xa. Así que che quero dar uns consellos, que se cadra non che fan moito ben, pero que tampouco non che han de estorbar.

»Primeiramente, en canto saias dos territorios da Confederación, é mellor que procures convencer un da nosa xente de Fóra pra que te acompañe e te guíe no teu periplo. Eles saben ben os camiños, e sobre todo saben tratar coa xente grande, que é unha cousa moi necesaria pra viaxar con seguranza. As persoas grandes, que tamén se chaman homes e mulleres, non son sempre malas, todo ó contrario, hai moitas boas, pero en xeral son unha xente moi rara. Ten en conta que foi pra defendernos desas rarezas polo que hai xa mil anos ou máis disimulamos Trasmundi cun meigallo paradoxal, de maneira que eles non poidan saber que nos teñen aquí, coma quen di ó seu carón. Se o soubesen, ten por seguro que non tardarían moito en meter os fuciños nos nosos asuntos e mais en querernos gobernar a nosa vida.

»Que os nosos vales sexan sempre anchos e verdes e libres e fértiles —orou o rei en altilocuente paréntese–. Pero que sempre se tornen estreitos e cónditos cando se achegue a xente grande, e que os seus paxaros metálicos queden sempre cegos mentres pasan por enriba de nós. Que as súas máquinas de ver o invisible non reciban os ecos das ondas sonoras que manden cara a nós, e que sigamos sendo secretos mentres entre eles manteñan o senso con que hoxe son ditas as palabras «teu» e «meu».

Sentouse Asclepiodoto entre os aplausos da concorrencia, botou unha fecha de cervexa para mollar a palleta, e seguiu destoutra maneira:

—Ben, non creo que che sexa moi difícil encontrar guía. Os de Fóra non son moi sociables, pero cando queren saben ser moi serviciais.

—¿E hai moitos? Porque se cadra o primeiro día non dou encontrado ningún.

—Dás, dás. Hai un en case cada parroquia da xente grande, e ás veces dous ou tres. Unha cousa que tes que facer cando esteas cos grandes é concentrarte moi ben e inducilos a que non che vexan as puntas das orellas. Cun pouco de práctica non resulta difícil, a cuestión é non distraerse. Se o fas ben, confundirante cun rapazote da súa raza, de catorce ou quince anos.

—Pero con estes catro pelos que teño na cara...

—Pois aféitalos. Peor era eu, con estas barbas tan mestas, que daquela eran negras de todo. Agora que eu cultivaba outra figura, que consistía en facerme máis alto do que son. Pero non era doado atender a un tempo á estatura e ás orellas. Os de Fóra son moito máis peritos nestes disimulos, que os practican máis, por necesidade e por gusto, e aínda así prefiren esconder unha cousa soa.

—¿E en que viven, os de Fóra?

—En covas escondidas e sitios así. Tamén había algúns nas cidades, polo menos antes, porque agora ó mellor teñen cincuenta mil habitantes xuntos ou máis. Halles de parecer algo moito. Se os segue habendo, vivirán en casas abandonadas, digo eu, e como son tan disimulados case ninguén se dará conta. Os homes e as mulleres máis difíciles de enganar sonche precisamente os menos perigosos, que viven e deixan vivir. E sobre todo algúns cativos, non todos, eso non, non te vaias confiar de máis. Hai tamén nenos peores cá sénica. Cando eu saín, encontrei bastantes dos nosos nas cidades, claro que daquela as cidades eran pequeniñas. Coñecín un... pero é mellor comer un pouco.

—Non, conta, conta, que hai tempo abondo.

—Vale, pero traede máis cervexa. Non hai mellor cá cervexa contra a resaca.

—Non, claro: perna tapa perna, cravo quita cravo, e chea mata chea.

—Un pouco de respecto, que son o rei. ¡Está boa esta cervexa, si señor! Lástima que se estea acabando. Ben, ese que vos digo non debe vivir xa, que xa non era moi novo cando o coñecín. Chamábase Heliodoro, e era natural dunha parroquia de cerca da Coruña, pero eu encontreino cando xa levaba moitos anos en Compostela. Non sei agora, pero daquela Compostela era unha cidade preciosa, toda de pedra labrada, con xardíns secretos e rúas estreitas, que ó mellor ías andando por elas e levábante a unha praciña pequena e cerrada sobre si, e parecía cousa de fóra do mundo. Non sei se seguirá sendo así, paréceme que medrou moito, pero daquela debía ser a cidade máis fermosa da Terra, e pagaba a pena dar un bo rodeo por ila ver. Este meu amigo

Heliodoro, cando era mozo tivera moita amizade cun crego liberal que escribira un romance contra a Inquisición. Chamábase Pardo de Andrade, se mal non me acordo. Cos do seu oficio non se levaba moi ben, que os máis deles eran moi contrarios ás súas ideas, e mesmo tivera que pasar varios anos exiliado en Francia. O crego e Heliodoro falaban moito de política e con total confianza. Se cadra o crego non tiña moito con quen falar. Cando tivo que fuxir outra vez por causa do seu modo de pensar, Heliodoro concibiu un proxecto, e decidiu marchar pra Compostela, que era a cidade máis chea de cregos de todo o país. Tan decidido estaba, e tan entusiasmado coas súas ideas, que antes de marchar recortou as orellas ó tamaño normal entre os grandes, por non gastar forzas en disimulalas, e entrou na cidade con todo o aspecto dun rapaz de por alí, fóra dos pelos das pernas, que as levaba tapadas conforme á moda dos tempos. Daquela non se miraba moito en cuestión de documentos, e como Heliodoro debuxaba e escribía moito ben, falsificou uns papeis que demostraban que era o fillo máis novo duns labradores xa mortos, e dixo que cos irmáns non se trataba por causa dunhas partillas mal feitas. Pra se facer con diñeiro, vendera na Coruña un pouco de ouro que atopara nun castro, e conseguiu meterse a estudar pra crego. O que el quería era chegar a papa, ou polo menos a cardeal, e reformar a Igrexa desde dentro. A min parecíame que era algo pequeno de corpo pra aspirar a cargos tan altos, pero el díxome que non fora ese o problema. Fixo a carreira moi ben, que algo de latín xa sabía de antes, e na dialéctica era moi forte. Presumía de que o ano antes de ordenarse xa conseguira deixar sen palabras ó mesmo arcebispo nunha discusión teolóxica. O caso é que acabou os estudos cum laude e conseguiu quedar no seminario de profesor. Tampouco non terían moito interese en poñelo de cura dunha parroquia, polo pequeno que era e pola pouca barba que tiña. Pero, segundo el dicía, os estudantes tíñanlle respecto polo seu moito saber e polo simpáticas que facía as clases.

»Mentres ensinaba, intrigaba pacientemente para ir ascendendo na xerarquía eclesiástica, e aínda que non tiña moito éxito mantiña firme a esperanza de alcanzar o seu obxectivo. Pero Heliodoro non se resistía ás solicitacións das súas ideas, e cultivou moitas amizades liberais da Compostela daquel tempo, e eso non lles gustaba ós seus xefes. Con quen se levaba moi ben era cun tal Antolín Faraldo, e meteuse con el nunha revolución que se fixo aló polo 1846, se mal non me engano. A revolución fracasou, houbo moitos fusilados, Faraldo fuxiu pra Portugal, e Heliodoro púxose a salvo volvendo á vida campestre que é propia da nosa xente aló Fóra, nun sitio que lle chaman Pico Sagro, cerca de Compostela. A súa carreira eclesiástica findara, e ben o sabía, pois a xerarquía compostelá tíñalla xurada se se lle ocorría volver aparecer. Pero Heliodoro namorárase da cidade aquela e aborrecíase nos montes. Botou bastante tempo que non se atrevía a aparecer en Compostela con sol, e ó primeiro entraba só algunhas noites claras de luar, pero ó cabo duns anos empezou a ir tódolos días de mercado, mesturado coa xente. Daquela estaba xa moi arrepentido de ter recortado as orellas, polos problemas que a falta delas leva consigo pra un de nós, pero xa non lle había que facer, e o pobre Heliodoro debatíase nas angurias da súa condición, que xa non era ben unha cousa nin outra, e non daba disimulado nada ben o seu aspecto. Pasaron máis anos, coidou que os cregos xa se terían esquecido da súa cara e decidiu volver definitivamente noutra figura. Fixo os papeis que lle facían falla, acopiou certa cantidade de ouro, e entrou de novo en Compostela finxíndose emigrante que regresaba de América cun capitaliño que gañara correndo cabalos nos hipódromos de aló. Mercou unha casa pequeniña e vivía só nela. Cando eu o coñecín tiña moito trato cos intelectuais da época, e gabábase de terlle ensinado a don Manuel Murguía a maior parte do que escribira sobre mámoas e castros e cousas desas.

—¿Ese Manuel Murguía é un do que hai un libro na nosa biblioteca?

—Claro, e logo quen vai ser. Eu coñecino, que mo presentou Heliodoro na súa casa, dicindo que eu era un seu parente. Éravos moi pequeniño pra ser un grande, por aí da nosa estatura. O libro tróuxeno eu precisamente, naquela viaxe. ¡Lástima non lle ter pedido que mo adicara!

—Todo eso está moi ben –dixo o vello Afrodisio–, pero non vexo por que razón nolo contas ¿Que lección se pode extraer desa historia?

—Lección, lección, pois ningunha, supoño. ¿Que falla che fai a ti unha lección agora? Conteino porque me apetecía, e paréceme abondo. E agora, algo haberá que comer, ¿ou? ¿Non hai sequera un pouco de pan e queixo? O meu fillo non vai marchar sen xantar. Porque por máis que che padrique non te vou convencer pra que quedes ¿non si?

—Non teñas medo.

Un dos portadores foi á despensa e volveu cun cesto de pan, queixo e noces. Acomodáronse os seis en rolda e empezaron a comer con bo apetito, e a beber con moita sede, agás Fortunato.

—Xa sei que me queres emborrachar, meu pai, pero téñote moi coñecido. Tes moita treta, pero comigo non che vale. Eu marcho hoxe.

Acabada a colación, Asclepiodoto ergueuse e quitou dun armario un prego bastante gastado que estendeu sobre a mesa.

—Este é un mapa que debuxei eu, copiado dun de Fóra, pero con algunhas anotacións miñas. É un itinerario bastante bo, paréceme a min, e pódeche servir. Non empeza mesmo cabo de Trasmundi, por non dar indicios de onde estamos se o perdía por aló. Voute antepoñer un cacho, e dígoche por onde tes que ir ata onde empeza o mapa. A ver, dille abur logo a esta xente.

4

Onde Fortunato se despide de Asclepiodoto,
e logo sae de Trasmundi e encontra
a Crisóstomo Bocadouro

Asclepiodoto e Fortunato seguiron o lento curso do río Grande, que se repocha na Chaira da Palma coma collendo folgos para o camiño de Fóra, onde se lle acaban os chopos brancos e corre encaixado entre precípites montañas. O sol declinaba xa, e avivaban o paso. As augas claras cambiaban de color segundo as alternancias de luz e sombra vexetal, e peiteaban as oucas onde se refuxiaban as listísimas troitas, malas de coller, aínda que non tanto alí coma nos sete regueiros de riba da capital federal. Fortunato debatíase entre os praceres da patria e a expectación da aventura, pero aqueles non eran capaces de amolentar a súa firme determinación de partir, por máis que o rei lle facía notar as belezas que ían quedando atrás e ó redor. Pouco máis de media hora levaban andado cando chegaron ás Portas do Oeste, onde o río Grande penetra no túnel natural que atravesa a montaña. Pararon os dous ante a boca negra do paso e Fortunato, despois de abrazar a seu pai, botou á auga a pequena barca de fondo plano que alí estaba para casos así, non moi frecuentes nos últimos anos. Asclepiodoto revisou o carrete de recuperación e a súa corda, non fose estar podre, e logo foina soltando pouco a pouco, deixando xirar o veo cara á esquerda. Fortunato apartaba a barca da orela puxando cunha baloira. Xa entrara na escuridade do túnel cando sentiu o último berro de seu pai.

—¡Ai, meu fillo, a ver se volves prá sega! ¡E vai con coidado!

—Queda tranquilo, meu pai. ¡E non bebas moito! ¡Gárdame algo pra min!

Axiña viu ante si un raxo de claridade, coma unha raia deitada. O río abrollaba outra vez dunha coma boca de forno patela, disimulada pola vexetación que colgaba da aba do monte. Brincou para un pedrón que xurdía das augas, o primeiro dunha rea que levaba á ribeira, e deulle tres estiróns á corda. A barca empezou a recuar, arrastrada polo carrete contra a suave corrente.

Fortunato choutou axilmente de pasal en pasal e subiu a terra agarrándose ás duras herbas que caían de riba. A orela era alta, e logo o chan deitábase subindo nunha íngreme ladeira cuberta de grandes toxos alternados con xestas que case parecían árbores. Seguindo as indicacións do seu vello, Fortunato orientouse tomando como referencia dous picoutos xemelgos e atravesou decidido o monte, buscando paso entre as matogueiras, ás veces non sen dificultade. Estaba disposto a chegar con sol a terra habitada, mais o seu paso era lento e doloroso por veces, tanto que en máis dunha ocasión tivo que sentarse a coller folgos ou a quitar algunha espiña. Caía xa a noite, e engurraba o fuciño ventando coma un raposo, a ver se sentía o olor dalgún conxénere selvático para pedirlle pousada. Coas derradeiras luces do sol, baixando a aba dun monte, puido ver ó lonxe, na outra ladeira, un grupo de casas que ben amosaban ser de xente grande, pola cruz que coroaba a máis alta de todas. Había lúa case chea, pero pouco se había de ver en canto anoitecese de todo, por causa das moitas nubes. Fortunato resignouse a pasar a noite ó raso, e buscou un penedo que o resgardase un pouco do vento. Abriu o macuto rosmando unhas palabras, sacou del unha manta e un pouco de pan e queixo, e deitouse comendo. Aínda lle pareceu sentir nunha raxada de vento un arrecendo familiar, pero xa estaba medio durmido e non se quixo erguer a investigar máis.

Espertou de súpeto, co sobresalto de sentirse abalar rudamente. Un resplendor roxo brillaba pola parte de baixo do monte, e parecía avanzar. Cabo del estaba anicado un selvático de mediana idade, e era el quen o abalaba, cada vez con maior violencia.

—Érguete, ouh mozo temerario, que hai un pavoroso incendio. Érguete rápido, que lle axuda o vento na nosa contra. ¡Corre, galopa, voa, ven ó seguro refuxio da miña recóndita morada!

E Fortunato alancañaba tras del sen entender aínda nada, envolvendo a manta e volvéndoa ó macuto como podía. O guichiño aquel rodeou un penedo e meteuse por un furado que había ó seu pé, escondido por unha laxe. Dun estraño aparello metálico que levaba na man xurdiu un raio de luz branca sen lapa que alumaba un estreito túnel polo que apenas cabían dobregados canto podían. Oito ou dez difíciles zancadas máis, o túnel ancheceu e alteouse de súpeto, e Fortunato encontrouse nunha cova redonda que tería uns nove ou dez pasos de diámetro, e alto abondo para andar con folgura. O dono da casa acendeu unha vela.

—Toma asento, que pareces fatigado polo trauma desta rápida locomoción. ¡Ai, estes rapaces novos xa non valen pra nada! Mais perdóame, dilecto hóspede. Non debera dicir tal cousa, pois talvez foi un xustificado terror o que che fixo perder os folgos, e non esta breve e lenta carreira na que me fixeches o honor de seguirme.

—Señor, entre unha cousa e otra deixáronme sen respiro. ¡Nunca tal vin, arder un monte de noite!

—¿E logo de que conífera caíches? Porque este é un evento que nos tempos que corren se observa case tódolos días da primavera e do estío. A sorte foi que eu te ventara ó solpor, e así cando sentín o odor do fume acordeime de ti e funte buscar sen demora, porque nunha noite coma esta o lume é tan veloz que, a pouco que te descoidaras, non darías librado sen grave mingua da túa saúde. Atende, ¿non sentes como olen os volátiles corpúsculos da combustión? O incendio debe estar chegando aquí, pois no cheiro do fume adivíñase o lume.

—¿E pasará por riba de nós?

—Pasará, si, mais non deixes que a pavura se faga dona do teu corazón. Estamos debaixo da amorosa coda terrestre en seguro aconchego, con grosos estratos de terra e de rocha sobre de nós, no seo maternal e agarimoso daquela que nos dá o ser e nos mantén cos seus froitos. Axiña pasará o lume, e axiña poderemos saír á superficie outra volta, se ben creo que o espectáculo do monte combusto distará moito de aledar os teus ollos, tan espantoso parece, nin sequera tendo a compensación dos raios do sol. Mais, aínda que intelixente, moi ignorante me pareces. ¿Non sería moita pregunta se che inquiro de onde vés?

—Veño de Trasmundi, elocuente amigo e salvador meu, e chámome Fortunato, pra servirte.

—Xa a min me parecía que serías dese bendito lugar, mais non quería dicilo expresamente antes de escoitalo de ti, por se acaso querías facer segredo da túa orixe, viaxando de incógnito. Só na xente das Sete Parroquias se dá tamaña ignorancia das cousas do mundo, sendo como é que nos últimos tempos apenas saídes do voso claustro dourado. Mais agora, caro hóspede meu, son horas de durmir, que aínda quedan moitas de noite, e mañá, se quixeres facerme o honor de quedar algún tempo comigo, poderemos seguir conversando, aínda que eu, a pesar de chamarme Crisóstomo Bocadouro, son máis amigo de escoitar ca de falar, como sen dúbida xa terá percibido a túa clara intelixencia.

Fortunato dobrou a cabeza ata os xeonllos, como facendo unha reverencia, para vencer un ataque de risa, e foise deitar nun recanto cuberto de felgos secos que lle sinalou o seu hospedador.

A despensa de Crisóstomo estaba tan ben provista coma a mellor de calquera das Sete Parroquias. Ensinarlla ó seu hóspede foi o primeiro que fixo ó día seguinte, quizais para convencelo de quedar uns días, como porfiaba. A Fortunato caíalle a baballa mirando aquela divicia, como dicía o outro por riqueza, latinizando. Xamóns de xabarín, chacinas varias, anguías curadas, penduraban nunha furna escavada na parede da cova, ó reparo da luz cenital que agora entraba na morada por unha lumieira ben escondida entre penedos na parte de riba. Estendidas sobre uns caínzos, castañas maias douradiñas e grandes, catro ou cinco ferrados talvez, brillaban á luz da vela que sostiña o Crisóstomo. En menor cantidade, pero sempre en abundancia, había tamén fabas e tambores, garavanzos casteláns, ervillas, e diversos froitos secos ou curados, noces, abelás, figos. No lado esquerdo lucían os queixos duros, marelos e ben lavados, en andeis moi curiosos, e no lado dereito, en tarros de vidro, coellos en escabeche, caracois adubados xa, marmeladas e confeituras varias, de amoras, amorodos, arandos e outros froitos, e mesmo níscalos e outros choupíns en conserva e, xoia das xoias, trufas negras en non pouca cantidade.

—Tamén son afortunado posuidor de varios barrís de cervexa que eu mesmo fago cos cereais que arrecado apañando as espigas que os grandes abandonan nas restrebeiras despois da seitura. Xa ves que non vivo mal, ouh caro Fortunato, a quen Fortuna sexa propicia. Permanece comigo uns días sequera, compartindo os meus manxares, pois o meu corazón alégrase no convivio e na conversación máis ca en cousa ningunha deste mundo.

—Menos argumentos abondarían pra convencerme, ouh dicidor Crisóstomo, e teño a esperanza de que esta demora non me atrase, pois que pretendo persuadirte de que me acompañes na miña viaxe, xa que a túa sabencia será sen dúbida a mellor guía polos camiños do mundo.

—Máis escollido falas hoxe ca onte, dilecto amigo, e confeso o meu esperanzado temor de que o discípulo chegue a superar o mestre, se tales palabras me é lícito aplicarche e aplicarme.

—Non sei, non sei –contestou Fortunato desengolando a voz–. Cústame traballo manter o estilo sublime. Pero dime a verdade: seguro que o máis do que tes é roubado.

—Non podo nin quero negarche que algunhas cousas si, coma por exemplo estas follas do peixe mariño teleóseo que comunalmente se chama bacallau. Pero non me creas un vulgar ladrón, pois compenso os meus furtos con notables favores ás miñas vítimas, de tal maneira que non se queixarían de saberen o que fago a escuso no seu proveito. ¿Ou acaso tornar unha vaca pra que non caia por un barranco non xustifica a apropiación subrepticia de dous ou tres queixos, feitos co leite desa mesma vaca talvez?

—Eso si, pero non xa roubar estes preciosos tarros de cristal, que sen dúbida os donos choraron con amargas bágoas ó decatarse da perda. Porque non me dirás que os fas ti, aquí sen industria. ¡Se nin en Trasmundi os facemos tan transparentes e finos!

—Aí é onde erras, e non pouco, pois tarros e botellas, xa sexan vítreos ou de materia plástica, non fai falla roubalos. Desde hai xa bastantes anos, a xente grande tenos en tan pouco aprecio que non hai máis ca recollelos ás beiras dos camiños, onde os abandonan en pilos, mesturados con papeis e restroballos de comida.

Nestes e noutros coloquios ocupaban a mañá mentres dixerían unha parva de noces e leite bebido, que Crisóstomo munguira o día antes dunhas ovellas que andaban soas facendo por vida. Contra mediodía, saíron da cova. O monte queimárase nunha boa extensión. Por sorte, o aire debera virar a tempo, e o lume a penas subira corenta ou cincuenta metros máis arriba da entrada da cova, e alí terminara morrendo entre o vento contrario e a falta de cardés. Do outro lado da vaganta fumeaban as chemineas da aldea.

—Quedo un pouco desprotexido das olladas indiscretas –dixo Crisóstomo–. Pero dentro de pouco, en habendo precipitacións atmosféricas, xa terá medrado algo a herba. Paréceme que vou facer da comenencia virtude e acompañarte na túa viaxe. Así, cando regrese xa terei algo de vexetación que me defenda e oculte. Se queres, partiremos mañá co mencer, porque á xente que madruga a sorte non a refuga, e ó que moito está no leito nada lle vén de proveito. A parte deso, viaxar é moi instrutivo, e eu sempre fun moi afeccionado, aínda que estes últimos anos me dei un pouco á folganza.

—Moito cho agradezo, pois teño medo de me perder, a pesar dun mapa que levo, e seguro que ti sabes bos camiños e atallos.

—Unha liña recta soe ser a distancia máis curta entre dous puntos, polo menos sempre que se supoña unha xeometría tridimensional. Mais esto, que é un axioma ó que cheguei despois de profundas cavilacións, de pouco nos valerá pra viaxar, posto que a existencia de montes, ríos e outros accidentes xeográficos impoñerán moitas veces voltas e rodeos máis convenientes ó noso propósito. Ademais, quero amosarche certas cousas de mérito que vin nas miñas pasadas peregrinaxes, e mesmo encontrar outras, se pode ser. O mellor das viaxes éche o camiño, non a chegada.

Esto dicíao Crisóstomo xa de novo na cova, quentando un coello escabechado e cocendo unhas castañas para acompañalo, mentres os dous picaban un pouco de queixo e xamón. Puxo Fortunato a mesa, que era de levante, con pratos de bidueiro e garfos de buxo moi ben feitos. Comeron devotamente, e acabaron repanchigándose nas cadeiras e arrotando cortesmente.

—Sabes, bo compañeiro –dixo Fortunato–, paréceme que es aínda ben paniogueiro, pero dá gusto estar contigo.

5

Onde Fortunato segue a viaxe, guiado por Crisóstomo, e fai a súa primeira fichaxe, sen compromiso firme

—Moi antiga che debe ser esta carta xeográfica –dixo Cri-
sóstomo–, porque lle faltan moitos camiños que agora hai.

—É que hai cen anos ou cerca que a debuxou meu pai,
que foi quen ma deu.

—¿Teu pai é este Asclepiodoto que a asina? O apelativo
fáiseme coñecido, ha de ser un de quen me ten falado miña
mai.

—Pois sería, que as datas cadran, e ese nome levouno
moi pouca xente entre nós.

—Ai, noutrora os naturais de Trasmundi aínda saían
ben veces, e eu aínda recordo outros tempos, cando non era-
des tan arredíos. Xa debía haber uns dous lustros que non
vía ningún dos teus concidadáns polo mundo exterior.

—Pois ver non os verías, pero algún saíu.

—Poucos serían, poucos.

—É que che estamos moi ocupados.

Crisóstomo poñía en orde a casa, metía os chourizos en
graxa de porco e preparaba en conserva a colleita de gordos

champiñóns que tiña, en cama de palla e bosta de egua, nun túnel cego que saía de ó carón da despensa. A frescura do lugar garantía que á súa volta volvería atopar todo de xeito, se ninguén llo viña derramar de fóra. Abriu un armario e quitou del roupa de cama e de vestir.

—Vounas poñer un pouco ó soallo. Entre as penas ninguén me verá.

Fortunato quedou abaixo, folleando nos libros que no armario había, tres ducias ou máis, entre os cales varios tratados de filosofía, de aspecto moi serio, e dous manuais de cociña ilustrados con láminas. Crisóstomo volveu baixar.

—Con estes agasalloume un amigo que tiña en Mondoñedo. Coñecino na barbaría dun que lle chamaban o Pallarego. Eu ía por alí, non por afeitarme, que barba non teño, nin por cortar o pelo, que me descubrirían as orellas ó tacto, senón por falar coa xente. Acabei case por escoitalo só, tan elocuente era. Un día saímos xuntos da barbaría e déilleme a coñecer, confiando na súa discreción, e non me pesou, que nunca me descubriu.

—E se tanto viaxaches, ¿como non fuches nunca a Trasmundi?

—¿E quen che dixo que non fora? Fun unha vez, aló na dourada infancia, canda a finada de miña mai, cando eu aínda non tiña casa. E mesmo estiven por quedar alí, pero xa daquela, cos poucos anos que tiña, apuntaba en min unha grande curiosidade por ver mundo e estudar as ciencias humanas e os costumes da xente grande. Cadaquén tenche a súa inclinación. Entre nosoutros os que ti chamas salvaxes —mais non cho tomo a mal, porque sei que non o fas por aldraxar— poucos encontrarás que queiran pasar a súa vida sen o trato da xente grande. Por eso non confío gran cousa no éxito da túa empresa, pois non creo que encontres moitos dispostos a acompañarte.

—Con dous ou tres que haxa chégame xa, se xogan ben. E ademais, poden fichar só por unha tempada. É que teño ese capricho. Hei de gañar aínda que só sexa unha vez esa condenada liga, ou adoezo se non.

Ó caer a noite, Crisóstomo convidou ó seu hóspede a unha expedición de aprovisionamento. Para que probes unha delicia, dixo. Atravesaron un raxo de monte queimado e chegaron ó regueiro que o separaba da aldea. Crisóstomo saltouno dun brinco, e Fortunato, despois de dubidalo un pouco, quixo imitalo en non coller carreira, e caeu na auga, de fuciños contra a mesma ribeira. Subiu agarrándose como puido, e espiliuse á maneira dun can. Un can, precisamente, estaba xa corricando ó redor do seu guía, e rebilláballe o rabo coa moita alegría. Crisóstomo agarimouno e díxolle unhas palabras, e entón o can botou a andar diante deles, mirando moito para atrás, e levounos deica unha palleira onde había un niño ventureiro. Crisóstomo meteu nel a man e colleu catro ovos grandes e rubios. Logo quitou do peto unha tallada de touciño entrefrebado e deulla ó can, que a quedou comendo moi agradecido. Un home foi arrincar un brazado de palla, e pasou tan cerca deles que Fortunato colleu medo, pero o home non se decatou de nada.

—Ven pouco, e ulir non olen unha buleira a tres pasos. E de porparte, son medio xordos —dixo Crisóstomo.

De volta na cova, derreteu un pouco de manteiga nunha cazola, mesturoulle fariña, e engadiu auga que puxera a quencer á parte e mais un chorro dun líquido fortemente alcohólico, remexendo seguido. Logo salgou a mestura e derrafoulle por riba media pastilla de algo que quitou dun envoltorio prateado, e deixou cocer todo con pouco lume un cuarto de hora ou así. Mentres tanto, limpou e lavou ben unha libra de champiñóns, e fritiunos cortados finos noutra cazola con manteiga. Salgou e sazoou cuns grans de algo que chamou pementa, e envorcoulle enriba a salsa da outra cazola. Deseguido rompeu os ovos, bateunos cun garfo de buxo, botoulles un pouco xamón que lle mandara cortar a Fortunato, e mesturou todo cos champiñóns nunha prata fonda. Sobre a mestura relou unha trufa, e puxo unha tixela cun case nada de manteiga ó lume. En canto a manteiga se dourou, separouna un pouco do lume poñendo unhas trepias máis altas, botou todo o mexunxe na tixela e tapouna cun prato. Esperou un pouquiño, cambiou outra vez ás trepias baixas, e en canto lle pareceu que a tortilla estaba a punto, deulle a volta para dourala polo outro lado e púxoa no prato sobre da mesa.

Ó outro día, erguéronse ben máis cedo do que Fortunato quixera. O Crisóstomo, que xa estaba tinguindo o pelo para disimular unhas cañas que tiña, quixo que cambiase de roupa, e prestoulle un traxe gris que non lle acaía moi mal, aínda que lle quedaba algo esquivo nas sisas. O trasmundiao non estaba moi convencido.

—¿E logo, a onde pensas que vas con esa chaqueta verde? E deixa a monteira ata a volta, que agora esa airosa prenda non se estila aquí Fóra. Na terra dos lobos, ouvea coma eles.

Pouco máis facía ca arraiar o sol cando saíron da cova. Crisóstomo moveu unha laxe e tapou ben a entrada, dismulándoa o mellor que puido, e quedouse un instante mirando con algo de melancolía. Logo puxo o seu macuto ó lombo e botou a andar. Fortunato xa o agardaba un pouco máis adiante. Atravesaron o río, esta vez por unha pontella de táboas máis abaixo da aldea.

—Agárdame aquí un momento. Voulle deixar un sinal a unha vella moi amiga miña, non vaia pensar que morrín. Téñena por algo meiga, pero é moi sentida.

Tardou pouco en volver, e víñase rindo. Fortunato foi detrás del, e notou que se peiteara de tal xeito que as guedellas longas e rizas lle cubrían a punta das orellas. Son listos estes de Fóra, pensou, e teñen os seus recursos. Ó mellor deixo eu tamén o pelo longo, e aforro de ter que concentrarme tanto.

Camiñaron algo máis dunha hora campo a través, e logo atoparon un camiño bastante ancho, ou tal lle pareceu a Fortunato, que non era de terra nin de xabre. Crisóstomo brincou a un castiñeiro espodado de novo e cortou dúas varas dereitas e longas cun coitelo pregable que levaba no peto. Quitoulles toda a ramallada e deixounas un pouco máis altas ca eles. Tirou do seu macuto dúas pequenas cabazas ocas, deformadas cunha feitura moi cuca, e atou unha a cada vara por unha cintura que tiñan.

—Agora xa podemos andar con confianza. Pon esta pucha para tapar as orellas. Pero mellor che sería, dilecto compañeiro, deixar medrar a túa xuvenil cabeleira. Nos tempos de hoxe, tamén moitos homes o fan, non só as mulleres coma noutrora.

—Agradézoche ben o consello, mais xa o pensara eu tamén.

O sol empezaba a petar de duro, e agradecíase xa a sombra que as árbores deitaban na estrada, que así lle chamaba o guía a aquel camiño. O mundo estaba senlleiro de casas e xente, pero os paxaros revoaban e mil bichos pequenos renxían e ulían entre as herbas e as matas. Algúns lagartos tomaban a raxeira e non se inmutaban co paso dos peregrinos, a non ser que pasasen moi cerca. De súpeto, Fortunato sentiu un ruxido, e dunha volta da estrada saíu un monstro velocísimo con dous ollos de cristal. O trasmundiao tirouse para fóra espavorecido, e sentiu as espiñas dos toxos ó tempo que oía unha gran gargallada.

—Ben te podo rir, a pouco me mata.

—Non foi con intención de ofenderte, meu caro amigo, pero non puiden conter a hilaridade ó verche pegar tal chimpo. ¡Non brincaches tan ben o río! A culpa foi miña, que non te avisei desta novidade. Éche un carro namais, senón que leva os cabalos dentro, non fóra. Con tal de que vaias ben pola beira da estrada, non corres moito perigo.

—Ah, claro, un automóbil. Algo teño lido sobre eles, pero foi a sorpresa.

Picaba xa mediodía cando fixeron unha parada. Cadrou cerca dunha aldea, e unha cabra andaba co seu cabrito lambendo nas herbas, cerca da estrada. Escondéronse entre as ramalleiras dun curro, e Fortunato asubiou floreado. A cabra levantou a cabeza e foise achegando.

—Vaia, pois tamén dá resultado coas cabras de Fóra.

—Toda a terra é país, caro amigo, e aínda que os costumes da xente cambian algo segundo os sitios, os dos animais sen razón mantéñense iguais en todas partes.

O cabrito tiña gana de brinqueta e púxose a turrar co Crisóstomo. Mentres tanto, Fortunato munguiu a cabra, que esperou moi paciente, e logo premiouna cun anaco de pan e deulle as grazas con moita cortesía. Ela chamou polo fillo co seu berro burlón, e volveron os dous á ocupación de antes mentres os peregrinos bebían o leite e xantaban do que levaban.

—Acórdaseme a miña cabriña teixa, que nos separamos algo enfadados.

—Non teñas preocupación por eso, que logo lles pasa. A tal hora, seguro que ela xa non se acorda da vosa interquinencia. Ah, que ben me encontro. Comer éche cousa de moito alimento.

Durmiron unha pequena sesta, coa barriga ó sol segundo o costume, e volveron ó camiño moi descansados. Un coche parou cabo deles, e aínda que Fortunato tivo un pronto de medo, resistiu sen tirarse á gabia.

—¿Queredes que vos leve, rapaces? Vou deica Lugo.

—Megsi, señoga, mais non, pogque temos que aguivar a Santiago en andando a pé. Nós habemos feito unha ofegta ó Apóstolo monsieur San Xacobe.

—¿E vides logo de Francia? ¿E non sodes moi novos pra andar soíños polo mundo?

—O Apóstolo guíanos e é a nosa fogsa, señoga. Que el a acompañe.

—E a vós tamén, meus filliños. Ai Xesús, que cousas se ven hoxe en día.

E o coche saíu bruando.

—Oes, Crisóstomo, ¿e esa maneira de falar a que vén?

—Era acento francés. Ben viches que a muller nos tomou deseguida por xente desa nación, que cadra bastante lonxe de aquí e é moi grande e moi ilustre. Moitos franceses fan este camiño a pé, por devoción ou por gusto, e recoñecerasme que dei unha mostra de grande habilidade e intelixencia con esta ficción.

—Ben sei o que é Francia, que tamén en Trasmundi aprendemos algo de xeografía. Pero dime unha cousa: ¿ti saberás falar en francés, ou?

—Non por certo, que nunca tiven ocasión de estudalo a fondo.

—Pois como esa muller soubese e cho falase por cortesía, habías de facer unha guapa figura co teu acento, meu hábil e intelixente guía.

Crisóstomo calou e baixou a cabeza. Esquivaron unha pequena vila que se estendía ás dúas beiras da estrada, rodeando polo monte. Cando volveron a ela, pasaban bastantes coches, pero ningún máis se detivo. Seguiron andando en silencio ata o solpor, e por fin o máis vello volveuse cara ó máis novo.

—Agora, intelixente amigo, veremos se es tan habilidoso que sabes onde pasar a noite a cuberto.

—¿Logo enfadácheste? Eu non cho dixen por mal.

—Non, xa, foi por rirte de min. Pero non son rancoroso, e non quero castigarte aínda que o merezas. Iremos ata aquel monte, onde, ademais de pousada, pode que encontres cousa conveniente ós teus intereses deportivos.

—Aínda é ben alto.

—Anda, despreguízate e sígueme, que o que se rende á folganza ben pouco proveito alcanza.

Chegaron ó cume, que certamente era alto, xa coa noite cerrada.

—¡Ladislao! ¡Oi Ladislao! –berrou Crisóstomo a todo pulmón.

—¡Non estou! Aquí non vive ningún Ladislao –sentiuse unha voz afrautada e túzara.

—Deixa de dicir pallasadas, ho. Son Crisóstomo, Crisóstomo Bocadouro.

O luar iluminou unha cariña asustada que asomaba por entre unhas pedras.

—¿E quen é ese que vén contigo? Non o coñezo, que se vaia.

—¿Pero non ves que é un dos nosos, tímido amigo meu? ¿E cando se viu que un de nós lle fixera mal a outro, non sendo pouco e só por rir? Este é Fortunato de Trasmundi, famoso deportista da Confederación, que viaxa por pracer e negocios, e vimos acollernos á túa hospitalidade nunca desmentida, se ben un pouco renuente.

Saíu por fin Ladislao a descuberto, e era un guichiño pequeno e delgado, co pelo rizo e as orellas moi móbiles. Uliscou o aire como querendo cheirar aínda malas intencións, acabou de tranquilizarse e fixo unha reverencia moi cortesá.

—Vide logo á miña morada, que sempre está aberta prós meus amigos. Habédesme disculpar pola miña desconfianza, pero os tempos están moi revoltos, e eu vivo nun sitio moi inseguro.

—Pois non mo parece a min tanto –dixo Fortunato–, que está nun monte ben malo de subir, e lonxe da xente grande, creo, polo menos por esta banda da que vimos nós.

—E polas outras tamén —ameceu Crisóstomo—. Pero este lugar foi noutrora unha fortaleza de homes antigos que os modernos chaman castro ou citania. E entre a xente grande de agora hai algunha moi curiosa dos saberes históricos, á cal teme moito o noso amigo Ladislao, apicultor de oficio e unha das persoas máis áxiles que teño visto nas miñas longas viaxes.

Ladislao guiounos por un labirinto de altísimos toxos, e chegaron a un sitio onde había coma un medeiro feito con mollos de xestas secas que a Fortunato lle recordou o teito da súa propia casa. Ladislao apartou un daqueles feixes, e baixaron a un ancho pozo de pedras sen argamasa. Por dentro, a casa era case igual cá do Fortunato.

—É unha das casas do castro. Como botou tantísimo tempo deshabitada, estaba cuberta pola terra. Eu quiteille a de dentro e púxenlle o teito, e váleme ben.

Había lume no lar, e ó seu resplendor víanse as paredes cubertas de andeis, nos que repousaban ducias e ducias de tarros de mel.

—Tedes sorte, que a noite pasada fun á aldea de máis cerca e collín dous bolos. Foi un longo paseo, pero agora alégrome por vós de o ter dado. Eu case sempre paso con mel só, e coas froitas do monte e os ovos que pillo nos niños.

—Polo que vexo —observou Fortunato—, vós os de Fóra sodes bastante ladróns. Nós aló en Trasmundi temos todo en común, pero se as persoas grandes teñen as cousas por súas propias, como creo, non está ben collérllelas sen permiso.

—Pareces parvo, e parece mentira —protestou Crisóstomo—. Se nos fai falla unha cousa, teremos que collela se non nola dan. Ademais, estou seguro de que o acrisolado sentido da xustiza de Ladislao o levaría a retribuír dalgún xeito.

—Certo, que lles deixei dous tarros de mel no laceno. Pero non pensei que eso fose xustiza, é que lles quixen facer un agasallo. Era un mel moi bo, todo de uz.

—¿E tes moitas colmeas? –preguntou Fortunato.

—Ouh, non, colmeas non teño, que se verían. Pero ó redor de aquí hai bastantes carballos ocos, e eu prepároos pra que non chova dentro e guío as abellas pra eles, e cóidoas ben. E deses enxames teño moitísimos, máis de cen. Dan moito que facer, pero paga ben a pena. ¿Non comedes máis? Pois esperade un momento, que vou catar un pouco hidromel.

—¿Logo por fin aprendiches a facelo? –preguntou Crisóstomo–. Eu nunca dei encontrado un libro que trouxera a fórmula.

Beberon con gusto e seguido, e a farra durou ata as altas da noite. Terminaron durmindo no chan, abrazados uns noutros, e o sol xa estaba ben alto cando espertaron.

—¡Carallo pró hidromel –comentou Fortunato–, que tumba a calquera! ¡Habíalle gustar ben a meu pai!

—¿E logo vosoutros non tedes? Eu teño oído que nas Sete Parroquias había de todo.

—Fálase moito.

—Mira, Ladislao –dixo Crisóstomo–, agora tes unha boa ocasión de averiguar por ti mesmo o que hai e o que non hai en Trasmundi. Aquí o noso amigo Fortunato anda a correr mundo en procura de xente mediana do xénero masculino que sexa hábil no xogo do fútbol, curioso deporte co que os nosos irmáns de aló parecen divertirse moito desde hai uns anos, e que se xoga correndo detrás dun obxecto esférico pra metelo a patadas entre dous postes.

—Non te expliques tanto, que xa o teño visto xogar. O que non entendo ben é como os de Trasmundi, sendo tan arredistas, vos adicades a ese deporte da xente enorme.

—Cada quen divírtese como pode. É que hai varios anos un de Gondomil saíu Fóra e trouxo un libro que o explicaba, e como non tiñamos moito que facer invertímonos neso, pola novidade. Mira, aquí teño un balón.

E dicindo unhas palabras en voz baixa, abriu o macuto e quitou a pelota do equipo de Cuspedriños, que tiña o coiro xa moi gastado polo uso. Ladislao colleuna e deulle varias voltas entre as mans.

—Vamos logo, a ver o que se pode facer.

Levounos a un claro do monte e empezou a manexar o balón. Era marabilloso, mantíñao seguido no aire sen tocar terra, dándolle ora coa cabeza, ora cun pé, ora cos pés en alto e apoiado nas mans, e o balón non caía, non daba caído nunca, e parecía que estaba enmeigado.

—Agora ponte alí.

Fortunato colocouse entre dúas pedras separadas por pouco máis de dous longos do seu corpo, e o Ladislao empezou a chutar. O Fortunato tíñase por bo porteiro, pero non daba visto o balón. Cando pensaba que lle ía pola esquerda entráballe pola dereita, e ás veces Ladislao dáballe de tal maneira que o tiro non saía recto, senón que se crebaba no medio, ora para un lado e ora para o outro. Non foi capaz de parar nin un só daqueles disparos.

—É imposible que ti non teñas xogado nunca ó fútbol.

—Pra dicir a verdade, unha vez metinme entre os rapaces dunha escola e xoguei un pouco. Pero tiven que escapar, pois viume un mestre e entrou en sospeitas.

—Tes que vir comigo, Ladislao, que contigo gañamos a liga. É que sempre perdemos na última, ho.

—Non sei, non sei. É que aínda teño ben que facer coas abellas, e a vosa liga, boh, non me importa alá moito. ¿E cando a empezades?

—Non, se aínda non é pra agora. Mira, podemos facer unha cousa. Eu sigo a miña viaxe, e prá lúa chea de xullo espéroche onde o río Grande parece saír da montaña. Botas uns meses con nós facendo o que che dea a gana, despois practicamos un pouco, e pra primeiros do ano que vén estamos en condicións de afrontar a liga con confianza. O inverno éche moi divertido aló.

—Non sei, comprometer non me comprometo a nada. Podía ser divertido, pero. E mira, ¿tedes sequera abellas en Trasmundi?

—Si, e mais ben delas. Tamén nos podías aprender a facer o hidromel.

—Ben, xa veremos. Se cadra vou. Esta casa tamén é tan pouco segura... De tódolos xeitos, se non estou cando encha a lúa, non me agardes e vaite sen min.

Despedíronse con grandes mostras de afecto, e Fortunato e Crisóstomo baixaron pola ladeira. O gando de Ladislao voaba de flor en flor.

—Este rapaz é un caso ben extraordinario –dixo Crisóstomo–, pois nosoutros os de Fóra soemos pecar máis de temerarios ca de temerosos. Seu pai precisamente era un tipo moi atrevido, e o que máis lle gustaba era poñerlles medo ós cazadores, que é unha cousa moi perigosa, pois o medo con escopeta é moi valente. E así foi que dunha vez un home zorregoulle un tiro cando brincou diante del, e aínda que puido escapar terminou morrendo daquela ferida. Entón, a mai de Ladislao, que daquela era un tenro infante, colleu tanto medo de que ó fillo lle acontecese o mesmo que sempre lle andaba metendo medo co home papón, home papón por aquí, home papón por alí, que te vai comer se vas lonxe, e todo eso. O mesmiño que fai a xente grande cos seus nenos, senón que entre ela o papón somos nós. Con esta educación, non é de estrañar que Ladislao quedase traumatizado. A infancia éche unha idade moi delicada.

6

Onde os viaxeiros encontran un señor de Lugo que se chama Ramón Lamote

Fortunato e Crisóstomo levaban xa dous días en Lugo, vendo a cidade aparente e mais a secreta. A súa amizade profundaba, e mantiñan longas conversas sobre diversos aspectos da vida. Crisóstomo fora cambiando paseniño o seu modo de expresarse.

—Parece que estes últimos días falas máis natural.

—Xa sabes por ti mesmo o traballo que custa manter sempre un estilo elevado. E ó ir collendo confianza, tamén vai estando de máis o floreo oratorio.

Viaxar fora agradable, e despois do primeiro día fixeran etapas moi curtas, parando de noite en casas de conxéneres seus que non quedaban moi lonxe do camiño. Eran sempre moi ben recibidos e agasallados con moito agarimo, pero Fortunato non dera feito máis fichaxes. Ora un non se interesaba o máis mínimo polo deporte, ora a idade ou os achaques do reuma lle fixeran perder a outro moita da súa axilidade natural. As femias, Fortunato discriminábaas e xa nin lles facía a proposta, emperrenchado en gañar a liga só con varóns, por non dar o brazo a torcer. Pero o capitán do Cuspedriños de Riba non se desalentaba nin amosaba impaciencia ningunha. A súa curiosiade polas cousas novas podía máis cás decepcións, e cada vez desfrutaba máis coa viaxe. Mesmo empezaba xa a participar nas conversas que Crisóstomo mantiña coa xente grande, aínda que o molestaba bastante o ton superior que moitos adoptaban ante aqueles que coidaban rapaces. Sen embargo, sentíase compensado ó constatar os seus bos dotes de disimulo, pois ninguén se fixaba nas súas longas e agudas orellas, nin nas perfeccións, afiadas coma de raposo, de toda a súa cara. De cada segundo día, recortaba os catro pelos de barba que lle medraban no beizo de riba e no queixo.

Anoitecía un día de calor primaveral, e Fortunato e Crisóstomo andaban pola muralla tomando o fresco e recreándose na paisaxe urbana e rural que desde ela divisaban. Sentáronse no banco de pedra que hai xunta a Porta de Santiago, aspirando o arrecendo do ourego sen flor, débil aínda. Pola rampa da Catedral subía un home case vello, xa con pouco pelo, que levaba uns anteollos redondos dacabalo dun nariz longo e fino.

—Disimula, que vén un.

O home mirou cara á esquerda, como pensando en coller cara á Porta Aguirre, logo volveuse á dereita, viu a Fortunato e Crisóstomo, mirou nun reloxo que quitou do peto do chaleque, e pareceu que cambiaba de idea, pois foise cara para eles.

—¿Non é molestia que me sente aquí?

—Non señor, qué vai ser, ó contrario. Unha tarde ben guapa, ¿non lle parece?

—Certo que si, dá gusto respirar este aire. ¿E logo, van a Santiago de peregrinos, polo que vexo?

—Imos si señor, pero paramos uns días aquí pra coñecer a cidade. Présa non temos.

—¿E dálles gusto?

—Unhas cousas si e outras non. Pero é máis o que nos gusta có que nos desagrada. A xente é moi amable, e non se mete moito na vida dos máis.

—Cadaquén terá abondo coa del. Pero déixenme que eu me meta un pouco na súa, que non é con mala intención: ¿vostedes son uns rapaces calquera, como queren parecer, ou son de certa xente secreta e pequeniña, como me parecen a min?

—Xa que tan directamente o pregunta, non llo queremos esconder. Xente mediana somos, eu da Confederación escondida de Trasmundi, e este da silvestre. Pero faga mercé: ¿como é que sabe tanto?

—Un tenlles as súas relacións. Pero da Confederación non sei máis ca que a hai porque llelo oio agora, nin espero saber outra cousa, nin menos onde está. Eu sonlles Ramón Lamote Miñato, profesor de chairego e debuxante de soños de encarga, pra servilos. ¿E como é a súa graza?

—Este é Fortunato, porteiro de fútbol, e a min chámanme Crisóstomo Bocadouro, filósofo natural. Crea, señor Lamote, que somos os seus seguros servidores, e que nos aledamos de encontrar un home que non se abraie nin se alporice ó vernos de súpeto en persoa descuberta.

—¿E logo por que me había de abraiar? Xente máis estraña teño coñecido xa. Mais permítanme que os convide a cear, por seguir falando. Xa andaba eu buscando algún amigo, porque me xubilei hai pouco de profesor e hoxe cobrei uns atrasos que quixera gastar en boa compañía.

—¿E de debuxante xubilouse tamén?

—Ai, non, que por eso non coticei nunca. E o retiro de profesor por horas é pequeno, así que algo haberá que seguir traballando pra levar vinte pesos no peto cando se me acaben os da pensión.

Baixaron os tres da muralla e inxergaron pola rúa do bispo Basulto ata a Praza do Campo. Entraron no Ferreirós, que o señor Lamote quería tomar unha cunca antes da cea.

—Vostedes pidan un café con leite, xa verán que ben sabe. É un dos sitios onde o fan mellor.

—A nós gústanos moito a cervexa.

—Despois beberán canta queiran, pero agora proben o café. Pídollelo tamén pola miña comenencia, pois quen non leve as gafas de ver podería pensar que ando pervertendo rapaces.

Tanto lles gustou o café que querían recuncar, pero o señor Lamote díxolles que non, que o abuso podíalles quitar a gana de cear, e levounos a unha casa de comidas que había nunhas galerías alí ó carón.

—É que aquí traballa un amigo meu que lle chaman Monterroso.

Sentáronse a unha mesa que había nun recanto algo escuro, e os foristeiros escolleron a parte da parede, por vixiar a xente que entraba. O Monterroso era un rapazote baixiño e colorado que veu saudar moi atento. Lucía tan grolizo e sorridor que só con velo xa medraba o apetito.

—Ponnos un pouco de polbo pra ir picando, e despois chourizos e lacón con cachelos. Pra min trae unha botelliña do de Amandi, que un día éche un día.

—¿E prós rapaces?

—Sonche máis vellos do que parece. Mira, tráelles unhas botellas de cocacola, por non dar que falar, pero quítalles o mexunxe ese e mételles dentro cervexa moura, pola color. Anda, fainos ese favor.

—E como non, don Ramón.

Acabada a cea, que foi despaciosa e transcorreu sen incidentes dignos de mención, o señor Lamote pagou tres mil oitocentas quince pesetas, postre e cafés incluídos. Pasaba xa pouca xente pola rúa. Mañá é día de garabullos, dixo o Lamote, pero non pra nosoutros. Aínda pasearon un cacho pola cidade vella, os tres calados e con algo de brillo nos ollos, pero sen tropezar. O reloxo da catedral deu as doce.

—Ben, paréceme que vai sendo hora de retirarse. ¿Vostedes non pararán nun hotel?

—Non, claro, que non levamos papeis, nin cartos tampouco. Durmimos nunha casa abandonada que hai no Camiño de Pipín. Non é mal sitio, e temos mantas.

—É que eu quería invitalos á miña casa, que vivo só. Hai cervexa e coñá, e tamén podemos facer café. ¿Ou teñen moito sono? Onde durmir tamén hai, teño un sofá e mais unha cama a maiores. Pobre de todo tampouco non lles son.

Chegaron a un portal escuro, e Ramón Lamote quitou do peto un mañuzo de chaves. Quixo meter unha, non entrou, escaravellou con outra, e despois de varios intentos abriu a porta.

—É que me falla algo o pulso. Suban amodiño, que nos pisos de abaixo hai xente durmindo. Agarden que prenda a luz.

Subiron oito tramos de chanzos, e Lamote abriu a porta da súa morada, esta vez sen trabucarse. Era un piso recortado, moi curiosiño, con xanelas de mansarda, agás dúas que daban ás escaleiras, que eran de cristais esmerilados e non abrían. A casa estaba limpa e ben ordenada, e tiña unha cociña pequena, un cuarto de baño con ducha, dúas alcobas e unha sala con bastantes libros e unha mesa moi grande, chea de lapis e papeis.

—Aquí é onde traballo no debuxo de soños. O malo é que ás veces non me veñen ideas, e outras veces cánsame a man de debuxar. Esperen un pouco, que vou facer café. ¿Queren antes unha pouca cervexa, ou coñá? Póñanse a gusto, que están na súa casa. ¿Queren ver algún libro? Este é unha biografía miña, que a escribiu un amigo de meu. Dóullela pra sempre se a queren, que eu teño máis.

Eran as catro da mañá, acabárase o café e a caixa de cervexas, e da botella de coñá quedaba xa pouco. O sono non viña, e Ramón Lamote Miñato falaba.

—Toda a vida fun demasiado formal. Home, non digo que non armara algunhas argalladas, pero...

—¿E non lle parece que aínda está a tempo? Total, non mancando a ninguén... Non hai nada de malo en roubar o badalo da campá da catedral, ou o reloxo do concello, ou que sei eu.

—Eso nos tempos de hoxe non chamaría moito a atención. Unha bonita sería que a fonte da Deputación botase viño en vez de auga.

—Non lle é moi doado de facer. Paréceme que non traemos ferramenta abondo.

—Haberá que deixalo pra mellor ocasión. Será ben deitarse. Xa logo han de ir estender as rúas, pra cando saian os máis madrugadores.

—¿Como dixo?

—É unha broma, ho. Un amigo meu di que ás veces madruga tanto que cando sae da casa os obreiros do concello aínda andan estendendo as rúas. Non é máis ca un falar.

—Señor Lamote, señor Lamote, imos saír agora mesmo. ¿Tense ben? Mire, faga outro café pra despexarnos un pouco. Nós imos preparar a ferramenta mentres tanto.

—Bos días, señores radio-ouvintes. Fálalles Lino Braxe, de Radio Catro, enviado especial ó carón da Rúa Nova, para darlles conta en primeira impresión dun estraño suceso que tivo lugar esta madrugada. Temos connosco a don Anxo Barreiro, sarxento da Garda Municipal. Bon día, Anxo. ¿Que ten que decernos?

—Bos días. Pois pasou esta noite sen ningunha novidade especial, e ás seis e media recibimos no cuartel unha chamada da patrulla nocturna. De primeiras pensei que estaban algo bébedos, pero axiña me decatei de que eso era imposible, porque os gardas municipais non beben cando están de servizo.

—Xa, claro. ¿E que pasara en concreto?

—Os axentes dicían que non podían entrar na Rúa Nova pra facer a ronda de costume. ¿Logo atrancouna algún coche? Pois chamade a grúa e quitádeo, díxenlles eu. Pero eles que non, que non había ningún coche, que non había sequera rúa, e sorte que deran freado antes de meterse no sitio, e a ver que se facía.

—¿E vostede que fixo?

—¿E que había facer? Mandeille ó compañeiro que estaba de garda na centraliña que avisase ó señor alcalde e que chamase ó Darío de Obras, e viñen pra acó. Mire, aí vén o Darío.

—Por favor, por favor, don Darío, achéguese aquí. Bon día, son Lino Braxe, de Radio Catro, ¿pódenos dar a súa impresión sobre este asunto?

—Pois impresión, impresión, por un lado qué quere que lle diga, e polo outro, xa sabe... Non sei que dicirlle... A rúa onte estaba...

—Pero vostede poderá contarnos que hai de certo no rumor de que a Brigada de Obras enrola as rúas a altas horas da noite e as volve estender antes do amencer. Xa sabe o dito que hai por aí sobre iso.

—Xa sei, xa sei o que din, que tamén o teño oído eu. Pero desque eu entrei na Brigada, e xa choveu, nunca tal cousa fixemos. Non sei antes, que ten habido alcaldes moi aforróns, e puideron pensar que así se gastaban menos polas xeadas, ou que sei eu. Pero non creo que fora cousa de moito resultado, se se fixo, que non o sei, xa lle digo. Ademais, daría moito traballo, e habería que pagar horas extras. E logo as protestas dos trasnoitadores... Mire, perdóeme, pero teño que ir pra alí, que chegan os obreiros. E agora, a ver que se fai...

—Señoras e señores, isto élles certamente unha cousa ben estraña. Ninguén sabe nada, ninguén parece ter solucións tampouco, e o certo é que non hai Rúa Nova desde a Praza do Campo deica a porta da muralla. As casas están coma sempre, pero non hai pavimento, e o que se ve no sitio da rúa é unha especie de brétema indescriptible que dá voltas e voltas sen levantarse. Unha especie de baleiro caótico. No medio parece que hai unha liña delgadísima, moi negra, pero non se ve nada ben. A Garda Municipal foi posta en estado de alerta e bloquea tódolos accesos por se acaso, para evitar accidentes. Os da Brigada de Obras van chegando pouco a pouco, e Darío mándalles que vaian ó almacén buscar madeira para facer unhas pasarelas. A ver como se arranxan para aseguralas. Os bombeiros acaban de estacionar o camión da escada telescópica na rúa de Montevideo, e agora mesmo quitan pola fiestra dunha casa da esquina unha muller que está coas dores do parto. Unha ambulancia espera para levala á Residencia. Un momento, por favor. Si. Si. Comunícannos que don Vicente Quiroga xa está na Alcaldía, e que mandou convocar telefonicamente unha sesión extraordinaria do concello en pleno para facerlle fronte a esta insólita situación. Nós devolvemos a conexión ós nosos estudos cando son, isto, ¿que hora é, señor?, cando son as sete e cuarto máis ou menos. Seguirémolos informando, manténganse á escoita de Radio Catro.

Pasaba das doce cando espertou Crisóstomo. Deixou a cama dos hóspedes, non por gusto senón por sentido do deber, e foi espertar o Fortunato, que durmía no sofá da sala.

—¿A ti paréceche que fixemos ben?

—¡Claro que o fixemos ben! Foi un traballo rápido, limpo e sen erros.

—Non, eso xa. ¿Pero que dirá o señor Lamote cando estea sereno?

—O señor Lamote non di nada, que foi unha gamberrada ben boa —dixo Ramón, traendo da cociña unha bandexa de café e torradas con manteiga—. O único que sinto é aquel soño que debuxei frente ó xardín do museo, antes de desaparecer a rúa. ¿E coñeceranme o estilo? Porque se mo coñecen vou ter problemas. Se cadra aínda me procesan por subversivo.

—Non teña apuro, que non vai pasar nada. Cando o fixo tremíalle algo o pulso, sería cos nervios, e non llo coñecerán. A verdade é que o debuxo estaba moito peor feito cós que ten por aquí, con diferenza, e ninguén pensará que é de vostede. Ademais, se o pensaran a estas horas xa tería noticias.

—¿Logo xa volvería aparecer a rúa?

—Seguro, que quedou sincronizada prás nove.

—Daquela non debe haber problema. E aínda que o haxa, non teñan pena, que a culpa foi tamén miña, e ben podo con ela. Veña, tomen o café, que vai enfriar. ¿E seguen en marchar hoxe xa?

—Si señor, e ben que o sentimos, pero aínda queda moito que facer.

—Estiven pensando que debían ir deica Vigo. Alí hai moita afección ó fútbol entre os homes, e pode ser que se lle apegase tamén á súa xente de aló, se hai algunha.

—Algúns haberá.

—O malo é que Vigo aínda cadra ben lonxe, moito pra aló de Santiago.

—Ir ou non ir, velaí a cuestión —sentenciou Crisóstomo—. Pra aló de Compostela xa non nos axudará moito esta figura de peregrinos, todo ó contrario. ¿E que ha de pensar a xente grande ó ver dous cativos andando sós? Claro que sempre podemos ir campo a través, eso non é problema pra nós, pero mellor íase pola estrada. Ó mellor, a Compostela xa chegamos cansados. E eu nunca de Compostela pasei, e non sei os camiños.

—Poden coller o autobús, se é por eso. Así cadra máis natural, e chegan decontado.

—É que non teño cartos –dixo Fortunato–. Aló de onde eu son non usamos. E Crisóstomo tampouco non trae, ¿ouh?

—Por eso non ha de quedar –ofreceuse Lamote–. Eu teño cinco mil pesos que podo pasar sen eles, e dóullelos con moito gusto se me fan o favor de aceptalos. Con cartos viáxase moito ben.

—Non, eso non pode ser, que vostede non é rico –dixo Fortunato–. ¡Se ten que debuxar por encarga pra ir tirando! Ou mire, eu pensaba deixarlle uns agasallos moi útiles pró seu oficio. Se quere, non llos dou, e véndollos. É que nunca vendín nin merquei nada, e quería probar.

—Moi ben, moi ben, moi ben. Velaí unha excelente idea. A ver logo, señor, ¿que é o que ten pra ofrecerme?

Fortunato rosmou unhas palabras e abriu o macuto. Empezou a quitar cousas del e a poñelas ó redor de si: unha manta gorda, dúas velas de cera marela, tres mudas de roupa interior, un tendollo, un machado pequeno, unha pa, un picachón, unha frisga mangada, un chaleque de veludo, tres queixos, un garrafón baleiro, medio bolo de pan. Ramón Lamote estarulaba os ollos.

—Vaia, vaia, parece que ese macuto é aínda ben máis grande por dentro ca por fóra. E dígame, ¿esas palabras que dixo eran un conxuro pra abrilo, ou?

—Non, as palabras non fan falla ningunha, dígoas porque sempre queda bonito darlle un pouco de misterio ó asunto. O macuto funciona co mesmo principio que serviu pra desaparecer a rúa, pero o mecanismo é máis pequeno, claro. A ver, a ver se dou encontrado eses trebellos. Está todo revolto, sempre fun tan pouco ordenado. Ah, aquí están.

Fortunato colocou enriba da mesa de debuxo un tubo de metal que parecía un telescopio, e mais unha especie de compás de tres brazos articulados, mangado cun parafuso macho.

—Velaí ten a miña mercadoría. Este é un caleidoscopio onírico, e estoutro un pantógrafo fantasmagórico. Cando non se lle ocorra nada que debuxar, mira por este tubiño e xa verá cantos soños encontra. E se lle cansa a man, mete este parafuso neste furadiño de aquí, róscao ben desta maneira, ponlle uns lapis nos brazos, agarra o caleidoscopio, coloca o papel, e a debuxar sen fatiga, que o fan todo eles sós.

—Non sei, non sei. Non vou debuxar os soños en tres cores namais. Sempre fun moi colorista.

—Home, parece mentira que diga tal cousa. Con poñerlle lapis das tres cores primarias, as outras terán que saír tamén.

—Ah, claro. Pero así e todo paréceme que o caleidoscopio é dun modelo un pouco anticuado. En fin, ¿canto pide polo lote?

—Seis mil trescentas oitenta pesetas e é seu.

—¡Que barbaridade, que disparate! Doulle trinta e cinco mil trescentas.

—De ningunha maneira, por eses cartos non llo podo vender. Doce mil oitocentas.

—Vinte e nove mil cincocentas noventa –renleou Ramón Lamote.

—Quince mil novecentas trinta –ofreceu Fortunato.

—Nada, nada. Doulle vinte e cinco mil cento vinte, e é a miña derradeira palabra.

—Trato feito. Pero que conste que abusou vostede da miña inocencia.

Lamote, sentado detrás da mesa, acariñaba os seus novos aparellos de debuxo. Fortunato empezou a meter de novo as cousas no macuto, que as tragaba coma un pozo sen fondo, sen deformarse. Cando ía meter o chaleque, caeulle do peto de dentro unha folla pequena de papel groso.

—¿Quen é ese señor tan barbudo? –preguntou Lamote–. ¡Moito lle imita ó rei de copas!

—Ai, ese élle meu pai Asclepiodoto, o rei da Confederación de Trasmundi. ¡El si que lle é un bebedor de cervexa!

—¿Logo vostede é fillo de rei? ¿E será rei cando morra seu pai, que ogallá dure moito?

—Non, que va. O rei élle un cargo electivo, que aló en Trasmundi sómoslle republicanos, e moi afeccionados a eso da democracia. Eu mesmo aínda hai pouco que inventei un novo sistema de escrutinio.

—Vaia, vaia, vaia, eso está moi ben pensado. ¿Pero vostede poderase presentar ás eleccións, ou?

—A min ser rei réiname pouco. Pero anque quixer, raro será que me elixan. Hai outros nomes máis longos, e ademais case non teño barba. Á xente de aló gústanlle os reis moi solemnes de aspecto, e de nome canto máis longo mellor. É raro que escollan un lampiño, e eso que hai moi pouquiños de nós que teñan a barba ben cerrada.

—Este costume si que non cho sabía eu. Morrendo e aprendendo —dixo Crisóstomo.

—¿E manda moito o voso rei?

—Mandar manda o que quere, uns días máis e outros menos. O que pasa é que nós tamén lle obedecemos cando nos dá a gana, que non é moitas veces, pra que non se afaga mal.

—Ese debe ser un bo sistema político, e gustaríame que quedasen aínda uns días pra saber máis ó lor del. Pero se queren marchar hoxe, non os entreteño máis, que despois élles noite moi axiña. Agarden un pouquiño, que lles fago uns bocadillos de mexillóns, e despois antepóñoos un pouco. ¿E nunca elixen raíñas?

—Tamén si, claro, máis ou menos igual. Pero nas femias aprécianse outros méritos, non o da barba, que non a teñen case nunca, e cando a teñen é pouca.

7

Onde os viaxeiros se encontran con dous que están criando e mais coa señora dos raposos

Despedíronse de Ramón Lamote no Barrio da Ponte e colleron cara a Portomarín, por aquelo de facer o camiño francés propio sequera desde alí. Empezaron a andar de firme, coa idea de chegaren a Portomarín na xornada, pero axiña cansaron, e ó chegar ó río de Vilamoure xa camiñaban amodo, fixándose nas beiras máis ca na estrada e perdendo o tempo en observacións da natureza e disputas filosóficas.

—Por certo –dixo Crisóstomo–, que moito largaches co Lamote. E menos mal que el non quixo, que senón eras capaz de dicirlle onde queda Trasmundi.

—A tanto non chegaría, así e todo. Pero deseguida que o vin mereceume confianza, por eso lle dixen de onde era. E xa viches que el mesmo me atallou decontado. Tería medo a comprometernos, digo eu, se acaso un día bebía moito e se lle soltaba de máis a lingua. ¡Síntoche ben deixalo!

—Non, parecer parecía fiuncego. Pero de aquí pra diante é mellor que non lle deas tanto á lareta, que boca pechada e ollo aberto non fan xamais desconcerto.

Cando chegaron ó Portoganois caía xa a tarde, e contemplaron o paso das augas desde a ponte, sen decidirse a seguir nin a buscar un recuncho onde pasar a noite. De súpeto, Fortunato ventou algo augas arriba, e entón baixaron da ponte e botaron a andar pola ribeira, máis silenciosos ca gatos, contra o curso das augas.

Nunha volta do río había un tipo metido na auga, que lle chegaba á cintura e ocultaba un pouco a súa nudez, pola sombra das árbores. As orellas vibrábanlle coa emoción. Fortunato e Crisóstomo escondéronse ben, procurando manterse contra o vento para non seren sentidos por el, e observaron como enganaba unha troita. A troita non a vían, que estaba metida nunha paleira, pero viron ben como o tipo metía unha man e a movía suavemente, coma facendo caricias. Pasou un anaco, e el agarimaba e agarimaba e dicía palabras en voz tan baixa que non se lle oían, pero que se adiviñaban no movemento dos labios. Por fin, fixo un ademán algo máis brusco e sacou, collida polas galaxas, unha troita de quilo e medio ou algo máis, que movía amodiño o rabo, coma se estivese aínda na auga, sen máis esvencello. Era femia, pola feitura da cabeza, e non moi moura para o seu tamaño. O tipo saíu do río con ela na man e un sorriso laverco nos beizos, e pousouna cerquiña de onde Fortunato e Crisóstomo, co vento de cara, axexaban para el. A troita durmía e rebillaba cada vez máis amodo. Pasaban os minutos, o guichiño miraba para a troita, e a troita pasou da vida á morte, afogada no aire, sen espertar do seu soño fluvial. O troiteiro mediuna en relación co seu brazo, frunciu as cellas, despois sorriu outra vez e fixo o xesto do pescador que esaxera, separando as palmas de ámbalas mans case a dobra da longura da troita. Moito máis xa non lle daban os brazos.

—Minte máis amodo, que tanto non hai quen cho crea.

O troiteiro moveu a cabeza asustado, disposto a fuxir, pero sosegou ó ver catro orellas agudas entre as ramallas.

—A mentira e a troita, queren ser gordas. ¿E quen sodes vós, que nunca por aquí vos vin?

—Somos viaxeiros e imos a Compostela e a Vigo, por motivos de pracer e negocios. ¿E podíasnos dar pousada esta noite? A troita ha ser algo grande pra ti, e podémoscha axudar a comer.

—Non hai moito sitio na casa, pois estes anos estou casado, que estamos criando. Pero xa nos arranxaremos. Eu chámome Belisario, ¿e vós?

Mentres llo dicían e o informaban da súa procedencia, Belisario cortou unha ramalla de salgueiro e fixo un gambito para colgar a defunta. Botaron a andar cara a riba, e ó cabo dun cuarto de hora chegaron a unha pequena lomba cuberta de silvas. Belisario apartou algunhas con coidado de non espiñarse, e apareceu a boca dun corredor polo que deron cinco ou seis pasos agachados. Desembocaron nunha cámara ovalada de máis de dúas varas de alto e unhas cinco ou seis de diámetro maior. Á beira da parede había unha fogueira pequena, e cabo dela estaba sentada unha femia cun neniño pequeno mamando na súa minúscula teta.

—Esta é Rosalinda. O pequeno aínda non ten nome, que aínda non hai máis ca un mes que naceu.

Crisóstomo e Fortunato saudaron moi corteses, e Rosalinda sorriulles mentres agarimaba o cativo, que tiña unhas orellas preciosas, un pouco inxergadas para atrás, cunhas puntas rosadas que case lle chegaban ó curuto da testa. O cativo non lles fixo caso, e seguiu atendendo ó seu. Crisóstomo observou o peldurado de madeira que recollía o fume e se prolongaba para arriba cun cano de aluminio flexible que saía para fora por unha regandixa entre dúas pedras de esteo. Tiraba moi ben, e Crisóstomo frunciu os beizos en xesto de aprobación.

—Non está nada mal, o voso poubeo. E debe ser quente.

—Foi unha sorte encontralo –dixo Rosalinda–. Xa quedan poucas antas enteiras, que a xente grande sempre anda a fozar nelas, por unha cousa ou por outra. Desta non deben saber. ¿Non vos parece estraña, esa teima de andar desfacendo o que os devanceiros fixeron?

—A saber quen as fixo. ¿E encontrástela xa tan limpa?

—Non, aínda nos deu ben traballo. Houbo que quitar moito lixo. Antes de decidirmos facer o fillo, este vivía nun furado terreño, e eu no oco dun castiñeiro, pero eran vivendas moi pequenas pra tres. O malo é que de inverno esto é bastante húmido. A auga rezuga polas xuntas da pedra.

—Mentres haxa ben leña pra queimar...

Belisario acabara de estripar e limpar ben a troita.

—Se tivésedes un pouco de queixo... Améndoas téñoas eu, que onte fun á confeitaría de Portomarín. Xa veredes que tartas fan.

Fortunato quitou dous queixos do macuto, por regalar o que sobrase. O cociñeiro fendeu ó medio o que lle pareceu máis brando, e cortou dúas fatías bastante gordas que puxo na barriga da troita, xunto cunha boa tira de xamón. Moeu unhas améndoas torradas cun pequeno muíño de man e estrou a fariña sobre o recheo. Cerrou a barriga da troita, envolveuna en papel engraxado e meteu todo nunha cazola grande de ferro que pendurou do guindal. A cazola tiña unha especie de enreixado de arames que separaba a troita do fondo.

—O mellor era un forno, pero aínda non houbo vagar a facelo.

Pelou unhas patacas e botounas nun pucheiro con auga e sal e unhas follas de loureiro. Apartou un pouco de lume e puxo enriba del o pucheiro, que era moi curioso, con tres pés soldados para aforrar as trepias.

—Se as houbera novas, sabían mellor asadas.

Rosalinda arrolaba o pequeno nun barrelo de madeira. O lume mantiña tódolos ollos fixos nas súas figuras. Cando a comida estivo disposta, Belisario serviuna cuns agrións frescos sazoados con pemento doce, e cearon acompañándose con auga do río, que outra cousa non había. A Fortunato e Crisóstomo sóubolles moi ben, despois dos excesos da víspora. De sobremesa comeron a tarta de améndoas roubada en Portomarín, e ninguén lle reprochou a Belisario a súa uña longa.

—Agora conviña un cafeíño, ¿non é, Fortunato? Ouh, perdoa, Belisario, non o dixen por mal, a cea estivo moi ben. O do café évos un vicio novo, aquí do compañeiro e mais meu.

—Nunca tal cousa probei –dixo Rosalinda–. Licor café si que o teño bebido, pero desque empreñei non, que é malo pró inzo. E tamén apedra o leite.

—Antes oínlle ó Belisario que estabades casados por uns anos –interveu Fortunato–. Hai unha cousa que me leva estrañado ben, que vosoutros os de Fóra vivades sós case sempre. Tódolos que encontrei ata agora estaban cinlleiros. Aló de onde veño hai outros costumes. Moitos viven en compañía de por vida, ou por moitos anos, máis dos catro ou cinco que farán falla pra criar.

—Nós non, só cando queremos procrear –dixo Crisóstomo–. E eso non pasa máis ca dúas ou tres veces na vida, ou ningunha, coma tal no meu caso. Entre nós, a xeración é un asunto racional, non coma entre a xente grande, que anda sempre á xaneira.

—Non me parece que fagan mal neso os grandes, ó contrario, paréceme que neso podiades imitalos. Nosoutros, aló en Trasmundi, tamén faciamos coma vosoutros antigamente, polo que contan as crónicas. Pero desque inventamos a poesía empezamos a cambiar de costumes. Ou se cadra foi ó revés. A min as mozas aínda me gustan ben, coas súas perniñas sen pelo. A Hermelinda mesmo, se non fose porque é capitá do Cuspedriños de Baixo...

—¿E eso da poesía, que cousa é?

—Haiche moitas definicións, e ningunha é moi boa. Polo regular, son palabras que se xuntan dunha maneira agradable, coma se cantasen entre si. Eu teño feito algunhas poesías, tamén.

—Pois dinos unha sequera.

—É que agora non me acordo. Ademais, eran malas, e daríame vergonza.

As brasas lanzaban aínda unha lapa que outra. A primavera de fóra non se sentía debaixo da terra, e parecía unha noite sen tempo. Fortunato botou unha pequena gavela de toxos no lar, e ó resplendor da labarada viu que os esteos que termaban da laxe do teito estaban decorados con trazos vermellos e negros, ás veces cruzados uns cos outros, bastante apedrados pola humidade.

—¿Fixéstelos vós?

—Non, xa estaban cando chegamos. Deben ser moi antigos.

Crisóstomo toqueaba arrimado á parede, sobre un estrume de fieitos curados. A Fortunato abríaselle a boca co sono, pero aínda quixo saber outra cousa.

—E ti, Belisario, supoño que non quererás vir comigo a Trasmundi, pra botar aló deica a primavera que vén.

—Non, claro, teño que axudar a criar o fillo. Quizabes noutra ocasión, de aquí a tres anos ou catro...

—Pra daquela xa é tarde. Con todo, sempre podedes vir dar unha volta. Ó mellor aprendedes algo de poesía. Agora quería durmir, que a noite pasada foi algo movida.

Ó día seguinte saíron co sol, e camiñaron horas e horas pola estrada solitaria. Case nin coches pasaban. O fuciño deulles un conxénere contra o mediodía, e xantaron con el. Pero era un xa vello, bastante amolado de reuma, e ademais non quería saber nada de viaxes. Desde había algúns anos amigara moito cun home solteiro, que lle daba a cea e lle deixaba durmir no escano da cociña a cambio de conversación e de xogar man a man á birisca. Presumía de facer trampas e cabrear moito ó home, pero ben se vía que lle tiña lei. Durante o día, entretíñase en gastarlle bromas pesadas ó crego da parroquia, que o tiña entre cella e cella.

Xa cerca da noite, tomaron pousada en cas dunha tipa vella e bastante peluda que se chamaba Liberata. Vivía nunha cova soterrada que fixera a base de fozar, axudada por uns raposos que a tiñan por raíña. Os raposos niñaban ó carón dela e prestábanlle grandes servizos á conta dos galiñeiros dos arredores. Na cova había un colchón de plumas moi ancho, e díxolles ós seus hóspedes que podían durmir nel, pois ela quería aproveitar a noite para facer coa súa grea unha expedición cinexética algo lonxe. Había un raposo novo e roxiño que andaba seguido tras da Liberata, dándolle ó rabo coma un canciño. Como aínda lle era un pouco cedo para saír á caza, os viaxeiros preguntáronlle á vella como fora coller aquel xénero de vida, tan estraño nun individuo da súa nación, xente máis amiga do sol ca da noite, e máis ben pouco sanguinaria. Aquel xeito de cazar ó besta repugnáballes algo.

Liberata sentouse na boca da cova. O raposo pequeno pousoulle a cabeza no colo, e mirábaa moi doce.

—Cando meus pais vivían xuntos pra criarme, tiñan amizade cun home que se dedicaba ó oficio de vender libros de contrabando. O home era natural dunha vila de aquí cerca, e nela tiña a súa casa e o seu almacén. Os libros mandábaos pra Compostela e pra Lugo, onde tiña dous axentes, e vendíaos tamén polas casas. O comercio daríalle pouco, porque daquela pouca xente grande sabía ler, e menos eran aínda os que tiñan cartos pra mercar libros. E ademais, era un negocio moi arriscado, porque moitos dos libros estaban prohibidos pola Igrexa, que tiña grande poder. Meus pais vivían, e mais eu, nun mosteiro en ruínas, nunha cela que por dentro estaba aínda ben, pero que non o parecía de fóra. Á xente grande non se lle ocorría entrar alí pra nada, pois había unha lenda que os asustaba. O caso é que ás veces meus pais gardábanlle algúns libros ó mercador, cando el sospeitaba que non era seguro telos na súa casa. Mais unha noite foron sorprendidos carrexando neles por unha partida carlista das que obedecían ó arcediago de Melide, e matáronos ós tres a tiros. Parece ser que a meus pais os queimaron despois, pois pensarían que eran dous demos menores ó velos xa ó natural descuberto. Polo visto, aqueles libros os carlistas dicían que eran diabólicos. Souben esto varios anos despois por un amigo, Bonifacio de nome, que vivía cerca de aquí e lles oíra falar ós carlistas nunha taberna, gabándose da súa fazaña.

»A min deixáranme soíña no meu barrelo, que tiña tres aniños namais. Botei o máis da noite chorando de medo, ata que adormecín de cansada. Ó outro día, cabo de min estaba unha raposa, e lambíame. Medo non lle collín, pois mirábame cuns ollos moi cariñosos. Coñécese que andara de caza, porque tiña o fuciño algo manchado de sangue. Botou todo o día comigo na cova, e eu comín algo do que quedara da cea anterior. Cando empezou a atardecer, eu empecei a chorar outra vez, e a raposa achegábase a min co seu pelo suave, e lambíame. Quedei durmida por fin, e cando espertei, a raposa trouxérame un ovo de galiña moi grande, case coma os de dúas xemas. Tomeino bebido, facéndolle un furado pequeno na punta máis ancha, e outro grande na estreita, que así mo aprenderan meus pais a facer.

»A raposa estaba preñada, e facía canto podía pra darme a saber que debiamos marchar de alí, que non lle gustaba o lugar. Custoume traballo entendela, pero ó cabo funme con ela prá súa furada, que daquela ben cabía.

»A primeira noite que botei na gorida trouxo un galo aínda vivo, e matouno diante de min e fíxome beber o seu sangue. A min dábame noxo ó principio, pero terminei afacéndome. Pouco despois, a raposa pariu, e eu brincaba seguido cos raposiños, que me debían ter por irmá. Como eu era máis forte ca eles, fixéronme xefe da camada, e afeccioneime a cazar na súa compañía. Con eles e cos seus descendentes botei toda a miña vida. Os raposos sempre me fixeron ben. Coa nosa xente tamén teño tratado algo, sobre todo ó principio, máis ca nada por educarme un pouco e perfeccionarme na fala, pois cando quedei orfa aínda me faltaba moito de aprender. Pero coa xente grande endexamais quixen ter nada que ver.

O sitio aquel chamábase Vedro. A Liberata tiña a cara aínda máis vulpina cá maioría da xente mediana, e ademais das orellas movía a vontade a punta do fuciño.

Fortunato e Crisóstomo madrugaron ben, pois deitáranse en canto a Liberata saíu á caza, e chegaron ó Portomarín novo cando aínda non había xente fóra das casas. A Fortunato non lle gustou moito a vila, fóra da igrexa de San Xoán, pois non lle parecía natural. O encoro estaba baixo de nivel, e distinguíanse as ruínas dos vellos burgos.

—Aquí morreu afogado un dos nosos, que lle chamaban Bonifacio de nome e Cataviños de alcume. Sería o mesmo que dixo Liberata. Era moi amigo do bebercio, e a pesar de canto levaba visto non podía crer que a xente grande fose tan estúpida como pra asolagar un val que daba bo viño, e sobre todo unha augardente de primeira. Cousa de fatos sería botar auga no viño, dicía. Eu estaba daquela pasando unha tempada por aquí, e aviseino moito de que non se fiase, pero el porfiaba que todo era mentira, que ó final non se atreverían. Con todo, despois empezou a sospeitar que aqueles bárbaros eran ben capaces de atreverse a todo, pero dixo que nin aínda así marcharía. Foi a cabo dun amigo que tiña entre a xente grande, que lle chamaban Carracho e era moi coñón, e pediulle un garrafón de augardente da mellor. Pechouse con el nunha cova que tiña, case ó nivel das augas do río, e esperou a que enchera, se tiña que encher. A auga aínda tardou ben en subir, pero máis tardou el en saír, que non saíu nunca. Morrería afogado, digo eu, ou borracho ó mellor. Era xa moi vello, e amolábao bastante unha coxeira da perna esquerda, que lle soldara mal dunha vez que caera do campanario da igrexa, unha noite que se lle ocorreu tocar alarma por divertirse. Despois dixo que era lóxico, porque o único que tiña dereito a tocar as campás era o sancristán, e ó sancristán que había daquela chamábanlle o Coxiño, e érao.

Ía contando esto Crisóstomo, e andaban os dous.

8

Onde hai un señor que fala moi raro e se conta a historia dun tal Fuciños e outras cousas que saberá quen as lea

Chegaban a Palas de Rei, e Crisóstomo contaba dun amigo seu, xa finado, que andara trinta anos fuxido coa súa marabillosa habelencia no disimulo, e eso que era un home ben grande e groso, coñecido de todos por Curuxás. Dicía Crisóstomo que a vila de Palas tamén tiña algo de disimulada e secreta, e que xa lle acontecera nalgunha viaxe pasar por ela sen decatarse.

—Logo ó mellor fixeron coma en Trasmundi.

—Non creo que sexa eso. Pero apuremos un pouco, que en chegando á vila temos que andar aínda un anaco prá parte de riba. Quero ver un home en Filgueira.

—¿Tes tamén amizade con el?

—Moi amigos non somos, pero inimigos tampouco. Levámonos ben, aínda que temos opinións moi contrarias, que ser é moi carca. Pero é secreto e de confianza. Agora que a este non lle digas sequera de onde es.

—Non teñas medo.

Chegaron a Filgueira xa con noite, e Crisóstomo petou na porta dunha casa moi aparente, despois de advertirlle a Fortunato que falase pouco e esperase a ver.

—¡Ai, Xosé da Rega! ¡Señor don Xosée! ¡Son eu, Crisóstomo Bocadouro! ¿E hai pousada?

No puxigo apareceu un home de certa idade, cuns lentes na punta do nariz, que dixo desta maneira:

—É un lecer ben gorentoso ollalo outra vegada por esta poubea, meu señor Bocadouro. Mais debo cousecelo por vertoleiro, pois aboféllolle ben que me ten retesiado con abondo femenza que había vir maer comigo uns días xa nun dos anos devanceiros, e pouco escarreirou cara aquí. Ande, pasen iruxo pró meu estalaxe, que os vexo moi cansornias e esgruviados. ¿Tiveron xalundes catanos ou desconxuminos? ¿E traen faquitrós ou xiricos?

—Non, que viñemos a pé –contestoulle Crisóstomo–. E vostede saberá perdoarme que non acudira á nosa cita, pero é que despois perdín o interese por dilucidar aquela cuestión filosófica que nos ocupara a última vez que nos vimos, aquela de se os que son coma min temos ou non temos alma.

—Non escabilde nin abafalle os termos da nosa devoura, señor Bocadouro, nin maravalle o que eu pariei, que era escorreito e esciente. Eu abarrisquei na nosa asuada que as persoas meás arúxanse de ánima vexetatibre e sensitibre, e sinteso de racional foscalleira un groulo velaíño, mais de facareña inmorredoría. O que vostede me achata é unha tragaxada panarra que me empaxa os libios, penzándome así os meus diutamentos frenxentes e ben gumiosos e picallados.

—Deixémolo logo –replicou Crisóstomo–, que eso non teño reparo en concederllo. Na sepultura, amolece a carne máis dura. Ademais, agora xa non teño gana de bautizarme, que foi un capricho pasaxeiro.

—Se lle gorenta, eu borrífolle igual o alpeiro da crista, con sacación de vindalla malingrada ou abafallamento. ¿Non...? Daquela, escarreiro de escorrentía esfanchar unha amboa, que o día foi bichornante e han de estar enqueilados coa sede. Os estarrecentes cómaros nimbeiros altearon ameucabos e arruallantes, e acirraron atouciñada fogaxe.

Mentres don Xosé ía ó celeiro cunha xarra na man, Fortunato aproveitou para situarse no mundo.

—¿Onde estamos, meu compañeiriño? ¿Cambiamos de país así de súpeto, ou que lingua é esta?

—Nin te tente o demo de dicir tal cousa diante del, que daquela si que a fodemos. Este home éche adiviñador do tempo e fálache así por gusto, e ademais di que o galego verdá auténtico é o que el fala, que o noso non é máis ca un chapurrado.

Chegou de volta o cura, e puxo merenda de chourizos e xamón e queixo, moi abondosa. Crisóstomo e el conversaban, moi filosóficos, e con grande respeto mutuo pola súa sabencia, a pesar dos seus moitos desacordos. Fortunato calaba e escoitaba, parte pola advertencia que lle fixeran, parte por aprender algo, e parte porque non entendía case nada.

O día seguinte, don Xosé da Rega non quería deixalos marchar, e mesmo baixou un pouco o seu nivel lingüístico para que o purismo lles non impedise a pura comprensión dos seus argumentos. Pero terminou rendéndose, e despediuse dos peregrinos cunha beizón eclesiástica condicionada na ponte que cruza o Pambre, a onde os quixo acompañar por parrafear algo máis. A Crisóstomo regaloulle un tratado en latín sobre as tres clases de alma, e a Fortunato un prognóstico do tempo que imprimía no seu propio obradoiro.

—Abofellas que non estará ceibe de trabucamentos, pero é que os tempos andan volturnos, e non albirixan –desculpouse en galego case común–. ¡Avolezas do demo, que escaravaña o mundo!

A pesar de que o libro de predicións, segundo traduciu Crisóstomo, agoiraba un mes fresco, o sol petaba de duro. Non obstante, quitaron azos de onde puideron, e a mediodía chegaron ó monte Leboreiro, onde foron coñecidos por un tal Anicreto, que os convidou a xantar. Decidiron quedar ata o día seguinte, e á tardiña xogaron un pouco á pelota. Anicreto mostrouse moi hábil, pero non quixo saber nada de fichar polo Cuspedriños de Riba.

—Nin que fose polo Deportivo da Coruña –dixo–. Estou comprometido cun amigo de meu que se chama Mingos Fuciños. Puxo unha granxa de ovellas, e quere que lle vaia axudar. Xa estou preparando a mudanza, que algo de traballo non lle fai mal a ninguén, sendo pouco e por gusto.

Este Fuciños era gaiteiro, pero non fora tocar cos mil douscentos a Compostela, porque era dunha parcialidade contraria. Andaba moito en bicicleta, e ía nela á Coruña e volvía no día, por divertirse. Tivera unha tenda de subministros xerais, ou tivéraa a súa familia, pero a el reináballe máis o negocio do gando, e cando morreron súas tías investiu canto tiña en ovellas. O Anicreto xa o coñecera de neno, e tiña moita confianza con el. Cando o ía ver sempre era agasallado cun queixo, antes dos que vendía na tenda, e agora das súas propias ovellas. Un día tamén lle dera unha cesta grande de vimbios verdes e sen pelar, que estaba moi ben feita.

Unha vez, volvía este Fuciños da Coruña e anoiteceulle pouco despois de Corneda. Era unha noite cerrada, sen luar e con poucas estrelas, e á bicicleta fundíuselle a luz. O Mingos tivo que poñerse a pé, e non lle gustaba moito o asunto, porque daquela a estrada aínda non estaba pintada, e tiña que andar case ás apalpadas. Nunha curva que hai, meteuse por unha corredoira, e como estaba seca e moi ben xabreada pasou un anaco sen decatarse de que se extraviara. Deu volta para atrás, e non se vía casa ningunha, e chegou a unha encrucillada que había e caeu deitado, e mancouse bastante. Quedou de tal maneira no chan que non sabía cal fora o camiño polo que viñera. Decidiuse a confiar no seu instinto, e fixo mal, porque colleu por onde non era. Así perdido seguiu un cacho, ata que albiscou ó lonxe unha luz. Coa idea de preguntar, apurou cara a ela, e tivo que deixar a corredoira e atravesar por un monte de toxos brañegos, coa bicicleta ó lombo. Cando chegou a cerca da luz, non había casa ningunha, e a luz apagouse de súpeto. Fuciños sentouse o máis abrigado que puido a un penedo, disposto a pasar unha noite ó raso, pois non deixara dito na casa se había volver no día ou non. Pero a lúa estaba minguante e non tardou moito en aparecer, rodeada dun halo, e aínda alumaba ben. O Mingos empezou a pensar se non sería mellor atallar polo monte, coa estrela do norte ás costas, a ver se daba chegado a unha aldea. Parecíalle que debía estar nos montes de Bocelo, na parte de abaixo, e que era fácil, agora que algo se vía, chegar sen moito traballo a Xubial ou a Pedrouzos.

Pero non lle deu tempo nin a erguerse. Sentiu un asubío moi potente e viu oito luces brancas e redondas, dispostas en círculo, que baixaban do ceo a bastante velocidade, xirando. Alumaban moito, e debuxaban os raios moi ben, que había bastante humidade no aire. Unha ave, un moucho quizais, cruzou ó traveso dun deles.

Cando aquelo acabou de baixar e se apagaron as luces, o Mingos decatouse de que era unha nave espacial, pousada en tres pés. Abriuse unha porta en forma de diafragma, e botaron unha escada. Fuciños escondeuse canto podía contra as pedras, pero a lanterna dun dos dous que baixaron bateu contra o guiador da súa bicicleta, que era cromado e estaba moi limpo. Os tipos aqueles detivéronse e conferenciaron un pouco entre si, pero Fuciños non oía nada. Achegáronse a onde estaba, e un daqueles botoulle a man á bicicleta, e entón repararon no seu dono, que estaba tremendo, sería de frío. Os tipiños brincaron para atrás, coma asustados tamén. Eran pequeniños e verdes, coas cabezas moi grandes en restante do corpo, e no canto das orellas tiñan uns chirimbolos de carne delgados, que terminaban nunhas periñas do tamaño dunha landra. O Fuciños deu vencido o seu medo, e levantouse e estendeu ambas mans ante si, coas palmas abertas. Os guichiños volveron acender as lanternas, que as apagaran ó velo, e inspeccionárono ben. Pareceron coller algo de confianza e deron un paso cara a el. O Fuciños púxose de xeonllos, por non impoñelos coa súa estatura, que é grande e ancho. Como non sabía ben que dicirlles, deulles as boas noites e a benvida, pero eles non parecían oír. Intentouno varias veces máis, pero nada logrou, e os guichiños tampouco, e eso que parecían consultar entre si sen palabras, e facían cousas e acenos moi raros, que debían ter algún senso porque eran moi complicados. A Fuciños xa lle pasara todo o medo, e a aqueles tamén, polo visto. Fuciños seguía falando, e ás veces acenaba cara á nave, pero nada. Terminaron sentándose fronte por fronte, e un daqueles fixo algo na súa lanterna, que empezou a alumar todo ó redor de si, coma un globo de luz.

O Fuciños tirou dunha bota que sempre levaba, e bebeu por ela marcando ben os tempos, como ensinando. Despois pasóullela con xesto de convidar, e eles deberon entender, porque beberon un detrás doutro, vertendo algo de viño por fóra do furado que lles facía de boca. Non se lles vía nin lingua nin dentes. En cada man tiñan seis dedos, dous deles polgares opoñibles ós outros. Os tipos non debían saber rir, pero os ollos brillábanlles máis. Así botaron un pedazo, bebendo en rolda.

O bo do Mingos xa non sabía que máis dicir, e calou. Pasáralle o frío todo, coa emoción ou co viño. Quitou do peto da chaqueta unha baralla moi gastada, e foi pasando as cartas amodiño, cos debuxos para arriba. Despois deu tres cartas para cada un e botou catro entre eles, nunha laxe que podía servir de mesa. Os guichiños debían ser moi listos, porque nun cuarto de hora xa xogaban á escoba, e un deles gañou a segunda partida. Así deberon seguir dúas horas ou máis, ata que se acabou todo o viño. Quedaron parados un pouco, sen facer nada, e despois os tipos aqueles erguéronse e colléronlle as mans. Eles tíñanas moi quentes, tanto que ó

Fuciños lle pareceu que ardían. Logo recolleron do chan a lanterna, que seguía alumando tan forte coma ó principio, e fóronse cara á súa nave. Tordeleaban ó andar, e caeron máis dunha vez antes de chegar a ela. Subiron, recolleron a escada, pecharon a porta e acendéronse as oito luces. A nave espacial subiu bruscamente, abalándose bastante para os lados. Cando se deu estabilizado, arrincou cara ó alto a gran velocidade. Ó Mingos encontrárono ó outro día os Parrados e o Miguel do Panadeiro, durmindo e medio teso de frío. A luz que vira ó lonxe era o reclamo dunha trapela para agruños que deixaran estes armada o día antes, e apagárase ó acabárselle o carburo.

Quería Fortunato coñecer o tal Fuciños, pero Anicreto dixo que estaba de xira, que deixara outro amigo encargado das ovellas mentres el ía cos seus gaiteiros tocar en dúas festas, e que ó mellor tardaba dous ou tres días aínda en volver. Así que tivo que resignarse, pois por outra banda empezaba a sentir a urxencia do camiño, co dollo de acabar co traballo principal da súa viaxe. Un só compromiso, e para eso aire, coma o do Ladislao, parecíalle pouco abondo para os días que levaba andado xa.

—Non te apures, dilecto compañeiro –dicíalle Crisóstomo–, que xa oíches as sagaces palabras do señor Lamote. Seguro que na cidade olívica ou no seu alfoz encontrarás eficaces artistas do balón que se sentirán moi honrados de formar nas túas renques.

—¡Xa volvemos ó de antes! ¿E cal é a cidade olívica? Fala máis claro, que logo pareces o cura de Palas.

—¡É Vigo, cal vai ser? ¿Non se pode falar en metáfora, ou?

—Eu non che vexo a metáfora por ningures.

Xa quedara atrás Melide, e era media mañá. Encontraron cun fato de peregrinos estranxeiros, pero non se deron entendido con eles por causa do idioma. Crisóstomo quería andar máis amodo para deixar a súa compañía, que non lle chistaba, pero Fortunato obrigouno a facer ó revés, que tiña présa por chegar a Compostela, para coller o autobús. Crisóstomo tivo que se valer de queixarse dun pé para facer noite cerca de Arzúa, pois o Fortunato aínda quería seguir.

Ó outro día botaron a andar canda o sol. Pouco despois de Burres, a Fortunato antollóuselle unha vara de loureiro moi dereita que había ó carón da estrada, e estábaa cortando co seu coitelo cando un coche que circulaba na mesma dirección ca eles freou estrondosamente en canto os alcanzou, e foi parar corenta ou cincuenta metros máis adiante. A automobilista meteu marcha atrás e recuou facendo eses pola estrada, que por fortuna estaba baleira. Abriu a porta violentamente e baixou enfadadísima.

—¡Ouh asasino de plantas, rapaz arboricida! ¿Como ousas facerlle sufrir a ese ser vivo coa túa escelerada navalla? ¿Como te atreves a alterar o equilibrio das especies, ouh bárbaro inculto, salvaxe desertizador?

—Señora, eu non fixen nada, eu só estaba cortando unha vara.

—¿E aínda tes a pouca vergonza de dicir que eso non é nada? ¡Horrible inconsciencia dos apedradores do mundo! Segura estou, pola túa cara diabólica, que es tamén un deses que andan ós niños polas silveiras.

—Claro, señora, e divírtome moito. Pero teño coidado de non tocarlles ós ovos, pra que os paxaros non os anoxen.

—Vaia, pois menos mal. ¿E a que se debe que un desaluto coma ti teña tanto coidado cos niños?

—É que os paxaros tamén teñen dereito a vivir e a criar. Ademais, algúns cómense, e saben moi ben, coma tal os pazpallares. ¡O caso é pillalos!

—Xa me parecía a min que non era por ben, pequeno caníbal. Mais deixa esa vara e fuxe de aí, antes de que te denuncia á protectora de plantas e ó goberno civil por torturar vexetais indefensos. Se respetas os paxaros, aínda que sexa por gula, ¿como es tan cruel que lles cortas as árbores nas que poden aniñar?

—Muller, agora déixema acabar de cortar, que total vai secar igual. E ser non é unha árbore, que conste, é unha vara namais.

—Pero había de selo.

—O que é haber... Pero señora, faga o favor, vostede que tanto sabe, ¿póndeme dicir que caste de paxaros fai niño nos loureiros?

Nesto o Crisóstomo, que pasara para diante do coche, chamou pola conductora.

—Mire aquí, señora, mire, o que ten na reixa do radiador: cinco bolboretas, dúas abellas, un abellón e unha ala dun pardal que matou vostede mesma co seu carro infernal. Así que váiaseme decontado, meiga prosmeira, saco de hipocrisía, antes de que lle mida as costelas con esta aguillada que levo pra axudarme na miña peregrinaxe. Fuxa, desapareza, acelere a súa máquina de peidar, lisque e non mire pra atrás, farisaico organismo, fonte de hidróxido de carbono, e deixe en paz o meu compañeiro se non quere levar moito que sentir.

A muller aínda quixo arrepoñerse, pero viu que eran dous rapaces moi fortes e meteuse no coche dando unha portada coa rabia. Acelerou a tope, o coche patinou e saíu a toda hostia deixando atrás un cheiro a gasolina e a goma quente.

—Meu bo compañeiro –dixo Fortunato–, ¿sabes que es un verdadeiro mestre na difícil arte da vituperación?

—Gústame vituperar –contestou Crisóstomo–, e practico moito, por puro espírito deportivo. Non desespero de chegar un día, a pór de constancia, ó vituperio perfecto.

9

*Onde en Compostela os viaxeiros encontran
un da Fonsagrada, e no autobús unha
de Bueu*

Atardecía o 26 de abril cando os dous peregrinos chegaron ó alto de Monxoi, e diante deles estaba Compostela envolta na luz vesperal.

—Velaí a cidade —dixo Crisóstomo Bocadouro—. Velaí as súas torres. Velaí o sol que se asombra diante da pedra labrada polos mellores canteiros do mundo. Velaí o ceo que quixera espellar os seus arcos e os seus capiteis, por ser máis fermoso. Velaí a cidade belísima, a onde a xente chegaba polo camiño que nós andamos en parte. Velaquí a fin do camiño que chamamos francés, porque na Francia tódolos camiños doutrora conducían aquí. Velaí o lugar que Aimerico dicía, a cidade que a Carlos o Grande soñaron. Velaí onde mestre Mateo fixo a cantería cantar e sorrir e tanguer violas. Velaí onde Gaiferos de Mormaltán veu morrer peregrino despois de ser o señor de Occitania. Velaí a onde veu Iago Brente, que fora ó reino de Preste Xoán, cabaleiro no seu macho, cun breviario en lingua caldea na man. Velaí a onde veu Nicolau Flamel, o máis ilustre libreiro de París, que andaba á percura de grandes sabios. Velaí a onde veu Francisco Bernardón, aquel que falaba cos paxaros e os lobos, aquel que louvaba as estrelas e o sol e as cousas do mundo que nós máis amamos. Velaí o mausoleo do barón per cui qua giú si vicita Galizia. Velaí o lugar onde soaban cen linguas. Velaí ante nós a cabeceira de Occidente, a encrucillada final dos camiños. Velaí a capital da nación dos galegos. Fortunato escoitaba, atentísimo e reverente, a altilocuencia do guía. Entraron na cidade coas derradeiras luces do día, e buscaron onde cear e onde pasar a noite, que cos cartos de Ramón Lamote non lles foi difícil o primeiro. En canto ó segundo, como a noite era boa e sospeitaban que a falta de documentos lles podía causar algunha dificultade, determinaron durmir no parque da Ferradura nun mirador emparrado, moi solitario. Mais antes quixeron gozar un pouco de compañía, e tomaron varios cafés en tabernas cheas de rapaces e fume. Se non pediron cervexa foi por non contravir en aparencia as disposicións legais contra a venda de alcol a menores, pero ben se decataron de que era a súa unha innecesaria prudencia, que os taberneiros non parecían moi mirados no asunto.

Erguéronse cedo, non os fora encontrar algún garda que os puidese tomar polo que eran, por vagabundos, que é un oficio mal visto entre a xente grande, e especialmente entre os gardas. Deixaron tirados alí os seus bordóns, pero gardaron as cabazas nos macutos. Tomaron chocolate con churros no Derby, e Fortunato preguntoulle como se facían os churros a Crisóstomo, que non soubo dicirllo, nin o camareiro tampouco.

Percorreron a cidade vella ó chou, e aló polas dez da mañá metéronse nun café da praza de Mazarelos, por obter unha información do camareiro máis ca por beber nada. Pero era unha hora de moito traballo, e decidiron non molestalo nun pouco. Pediron dous cortados na barra, e non podían tomalos a gusto, porque estaba moi atestada e eles eran algo pequenos de máis para que lles fixesen sitio. Eso era o que menos lles gustaba de Compostela, que a xente facía sitio de mala gana.

—Collan os cafés e séntense á miña mesa, se queren.

O que lles falara era un tipo duns corenta anos, con entradas no pelo moi curto, afeitado de todo e coas perfeccións da cara moi marcadas. Levaba uns lentes pequenos de aros dourados, con cristais elípticos. Separou uns libros para que os convidados puidesen pousar as cuncas.

—Grazas, señor. É vostede moi amable.

O home fixo un aceno distraído e seguiu lendo un libro que tiña nunha man. Coa outra tomaba notas de vez en canto, cunha pluma estilográfica que escribía moi fino. Era ancho de corpo, anque delgado, e calzaba os pés cuns tenis do corenta e cinco.

—Se cadra vostede podíanos dicir –interrompeuno Crisóstomo ó cabo dun pedaciño– a que hora hai autobús pra Vigo, e mais onde se colle.

—Paréceme que hai un ás doce. A estación aínda tá ben lonxe de aquí, pero poden ir a pé sen perda. Van por esa rúa de aí abaxo e ó final dela collen unha costa arriba que torce un pouco prá esquerda, e despois viran á dreita. Seguen outro cacho, e logo á dreita outra vez.

—¿E non se podía ir en tren? –preguntou Fortunato.

—Poder pódese, pero non lles tou seguro da hora a que sae. E tarda máis en chegar.

—Non, se nosoutros présa non temos. Pero paréceme que iremos no autobús.

O señor pechou o libro, gardou a pluma no peto e bebeu o café negro que tiña nunha esquina da mesa.

—Boh, xa tá frío. E enriba esquencín botarlle o azucre. Sempre me pasa igual.

Conversaron un pouco de cousas intrascendentes. O señor escoitaba entre atento e abstraído as xeneralidades que os seus convidados lle dicían.

—E é a primeira vez que veñen a Santiago, ¿ou?

—Este meu compañeiro si, eu xa viñen outras dúas, pero hai moito tempo, e olvideime dos sitios.

—Home, moito non haberá, que vosté é ben novo aínda. Máis de quince anos non se lle botan.

Crisóstomo quitou a pata como puido.

—Ah, si, é que eu era moi pequeno daquela. Eso é o que quero dicir, que non me acordo porque era moi pequeno, non que o esquecese. ¿E vostede é de aquí?

—Non, eu son de San Martín de Suarna. Dígolle o nome do sitio, anque é moi pequeno, porque vosté ben debe saber del, un pouco máis abaxo da Fonsagrada. Ben lle coñezo na fala que non é de lonxe de alí. O que non lle dou sabido é a parroquia. Debeu viaxar aínda ben, pra ser así novo, que mestura xeitos de falar dus sitios e doutros.

—¿E logo coñece de onde é a xente en como fala?

—Home claro, neso non hai mérito ningún. A fala vai variando un pouco dus sitios a outros. É cuestión de estudialo e trazar unhas isoglosas no mapa, e xa tá. O que non dou sabido é de onde vén o seu amigo, nin por aproximación. E estráñame moito, que eu deso aínda lles sei ben. É que tamén falou pouco... Se ficera algo máis de gasto na conversa, ó mellor daba...

Fortunato levantouse.

—É que nos temos que ir xa. Señor, moi agradecidos por deixarnos sentar... A ver, compañeiro, paga e vamos.

—Non, non paguen, que os quero convidar eu... Que teñan unha boa viaxe. ¿E de que sitio será este rapaz? Ser é do leste... A ver, dixo... E pronunciaba ese ele velarizado, tan raro...

Fortunato e Crisóstomo xa camiñaban pola Virxe da Cerca adiante. Fortunato poñía présa.

—Haiche que andar con ben coidado. Falo un pouco máis, e coma quen non quere a cousa, vai el e sácame a situación de Trasmundi por trigonometría lingüística.

Na estación de autobuses había ben xente. Crisóstomo quitou os billetes, e esperaron na plataforma a que chegase o autobús. Subiron de primeiros e colleron dous sitios xuntos na parte de diante. O autobús encheuse deseguida. Moitos estudantes volvían xa para a casa. Unha señora subiu moi apurada no último instante, cando o chofer xa ía premer o botón de pechar as portas. Era xa algo vella, e parecía que non vía moi ben. Traía na man unha bolsa negra de aspecto pesado, e pousouna no corredor. O autobús arrincou marcha atrás, e a señora agarrouse ó respaldo do asento de Fortunato.

—¡Arre demo, que présa leva! Case me tira. Perdoa, raparigo, a pouco che caio enriba. ¿E logo para onde ides, filliños?

A señora falaba cun acento moi suave e rápido, polo ese e co gue aspirado. Tiña o pelo rizo, e era pequeniña. Ó Fortunato pareceulle que non debía ser máis alta ca el, se era tanto.

—Pra Vigo, señora. Pero séntese aquí, que a min éme igual ir dereito –e Fortunato levantouse moi pulido.

A señora acomodouse cabo do Crisóstomo, que por unha vez non parecía ter moita gana de conversación. Pousou a bolsa diante dos pés, e cabíalle ben.

—¿E maréaste, raparigo? ¿Non tomaches nada? Anda, anda, non mires para fóra, que aínda é peor. ¿Queres un caramelo de menta? Ó mellor faiche ben.

Crisóstomo empezou a zugar no caramelo, e seguiu calado. A señora volveuse cara ó Fortunato.

—¿Así que logo vas a Vigo, rapaz? Eu téñoche alá unha filla, que casou cun de Melide. Teñen unha meniña xa moza, moi guapiña. Ó mellor coñécelos.

—Non señora, non o creo, que nunca en Vigo estiven. ¿E vostede tamén vai pra aló?

—Ai, non, raparigo, eu quedo en Pontevedra. Aínda teño que coller despois o coche da Unión para Bueu, que é de onde son. Vivo nun sitio que lle chaman a Carrasqueira, cunha filla viúva que teño. O home morreulle nun accidente de moto, diolo teña na gloria.

—As motos son moi perigosas, paréceme. Corren de máis pró pequenas que son.

—Ai, si, filliño, canta razón tes. Xa ves o que son as cousas, el morreu e a Mercedes quedou cun pequeno, e preñada doutro, digo dunha meniña, que se chama Sabela. O meniño chámase Xacobe. ¿E ti como te chamas, rapaz, se non che parece mal a pregunta?

—Chámome Fortunato, pra servila.

—Ai, que mozo tan ben educado. Dá gusto oírte falar. ¿E queres sentarte agora un pouco?

—Non señora, vaia tranquila, que eu estoulle así moito ben. ¿E de Bueu á Carrasqueira ten que ir a pé? ¿Non será moi lonxe, ou?

—Non, lonxe non é, pero aínda leva un cacho, que é moito costa arriba, e eu xa vou vella. Ó mellor vénme buscar outra filla que teño no mesmo Bueu, que se chama María Xosé, para axudarme con este raio de bolsa, que pesa coma o diaño. A María Xosé vive no centro, que compraron un piso hai pouco. O home é mariñeiro, e está agora no mar. Estaban en Namibia, pero agora tiveron que ir para as Malvinas. Sonche moitos traballos, Fortunatiño, e ademais estouche mal da columna. Ai, pero eu pregunteiche como te chamabas, e de min non cho dixen. Chámome Rosa, Rosa Portela Rodrigues. Pero se vas por alá un día, ti pregunta por Rosa a Chinta, que é como me chaman.

—É un nome ben bonito, por certo. ¿E logo, que lle pasou pra enfermar da columna?

—Os traballos, filliño, os traballos. Eu quedeiche viúva moi nova, con catro fillas pequenas, e déroncheme moito que criar. Trabaleiche moito na vida, filliño. Repartinche no pan, andei a gañar un xornal polas veigas, e traballei na conserva cando me chamaban, que era fixa discontinua. Fomos saíndo adiante como puidemos. E hai uns anos caín na fábrica e manqueime moito, e tívenme que retirar. Quedoume unha paga pequena, porque os cabróns, dispensando, deron mal o parte e retiráronme por enfermidade e non por accidente, que se non cobraba algo máis. Quedoume o cincuenta e cinco por cento do mínimo, e con iso e o que cobraba por viúva vouche tirando. O malo é que as desgrazas nunca veñen soas, e a fillos criados traballos dobrados. Cando morreu o meu xenro, fun para cabo da filla, por axudarlle a criar os meniños, e que puidera ir gañar un peso fóra da casa. Agora xa ves, de vella gaiteira.

O coche fixo unha parada, e varios asentos quedaron baleiros, pero Fortunato non se quixo sentar, por seguir conversando.

—¿E ti es de Santiago?

—Non señora, sonlle dun sitio pequeno que queda máis pra aló de Lugo aínda.

—Pois eu veño de Lugo, precisamente, que fun botar uns días en cas doutra filla que teño alá.

—Xa me parecía a min que faltaba unha...

—Ai si, e a máis guapa das catro, que casou cun de Lugo. Eu polo regular, cando vou alá volvo por Lalín, que hai autobús directo a Pontevedra, pero hoxe o meu xenro tivo que vir a Santiago e tróuxome no seu coche. Ese xenro de Lugo tenche moi mala lingua e sempre se anda metendo comigo. Pero non é por mal, que ser é bo rapaz. Non quería que me viñese aínda, pero eu non podo deixar a Mercedes e os pequenos. Vaia, o teu compañeiro parece que adormeceu.

Crisóstomo respiraba tranquilamente, coa cabeza esteada no ombro da Rosa, que se moveu con coidado para apoialo mellor. A señora abriu e pechou os ollos varias veces cunha maneira moi súa que tiña, engurrando o entrecello e mailo nariz ó mesmo tempo.

—Vaia –riu–, cada vez vou máis vella, e cada vez vexo menos. ¡Mesmo me pareceu que tiña unha orella que lle chegaba ó curuto, case coma dun burro, que Deus me perdoe!

Fortunato arrepuxou disimuladamente a bolsa co pé ata bater con ela na perna do Crisóstomo, que espertou sobre-saltado e se volveu controlar.

—A ver, ho, tente dereito e non molestes a señora.

—Se non é molestia, filliño, o pobre terá sono. E dur-mindo non se marea.

—Xa terá tempo a durmir. E mire, logo onde vive habe-rá moitas pedras, se é tan costo, e ó mellor hai espenucas e todo.

—Hai, fillo, hai. Alí moi cerca hai un outeiro grandísi-mo, todo pelado, de cantería, e disque dentro vive xente, unha xente moi rara que entra por un furado secreto. Eu nunca vin ninguén, pero a miña filla, a que está en Lugo, dixo que vira saír unha noite un home pequeniño moi raro, vestido de gaiteiro. Agora que eu non sei se debo crer nesas meigarías. Se cadra pareceullo e non era verdade, que ela andaba atendendo a outras cousas co mozo. E de noite cal-quera se equivoca.

Cruzaban lugares e vilas e terras moi habitadas. A Rosa falaba, e o Fortunato facíalle falar aínda máis coa moita atención e con meter de cando en cando algunha pregun-ta. Crisóstomo escoitaba e miraba para fóra polo ventano. Fóronse enteirando da casa que a Rosa habitara en Bon, do que pasara certo día de Reis había moito tempo, da gran-de fame do corenta e dous, dos mortos que aparecían no trinta e seis en certo lugar, e volvendo outra volta ó pre-sente, dos outros moradores da casa da Carrasqueira, que eran coellos, galiñas, pavos e un can medio parvo. Xa que-daran atrás os viñedos do alfoz de Pontevedra, e pasaron o Leres.

—Pois, filliños, eu baixo aquí. Se ides por Bueu, non deixedes de nos ir visitar e tomar un café ou o que sexa. Dá gusto falar cuns raparigos tan ben ensinados.

—E mire, ¿podereille chamar Rosachinta, así todo xunto? É que Rosa é bonito, pero paréceme pouco nome pra tan boa señora.

—Podes, meniño, podes. O meu xenro de Lugo tamén sempre mo chama.

Fortunato axudoulle a baixar a bolsa, e a Rosa esperou na beirarrúa a que arrincase o autobús. Díxolles adeus cunha man, e coa outra fregaba os ollos, feridos polo sol.

—¿E quen serán estes mozos? Parecían moi noviños para andar de viaxe eles sós, pero falar falaban con moito siso. Ó mellor non son tan novos como me pareceu, e é que quedaron así pequerrechos. Vaia, eu tampouco non son moi grande que se diga, e mais ben dei a talla.

10

Onde os viaxeiros chegan a Vigo e aprenden cousas que os sorprenden non pouco

Baixaron do autobús na estación nova de Vigo, xa con bastante fame. Decidiron mirar por un sitio onde comer, que non fose moi caro, e deixar as pescudas para pola tarde. Estaban botándolle unha ollada á carta que había no escaparate dun restaurante cando sentiron que lles falaban.

—¿E vós de onde vides? Nunca vos vin por aquí.

Era unha femia bastante nova aínda. Levaba unhas longas melenas rizadas ó estilo africano, e vestía calzóns longos e un garsé de la de varias colores. Nos lóbulos das orellas levaba uns colgarexos, e non se lle vían as puntas, que as levaba tapadas polo cabelo. En sabendo quen eran os foristeiros e de que calidade, quíxose facer cargo deles, e convidounos a xantar.

—¿Logo ti fas uso de cartos?

—Claro, hai que andar algo cos tempos. Pero convídovos á miña casa, que aquí dan moi mal de comer, e os bos sitios son caros. E na casa estaremos máis tranquilos.

—¿Non estará moi lonxe? Porque temos aínda ben fame, e se hai que saír fóra da cidade...

—¿Pero vós de que figueira caestes? Eu vivo aquí cerca, no mesmo centro case, con outros tres da banda de Castrelo de Miño.

Fortunato e Crisóstomo ollaron un para outro e non dixeron palabra. En poucos minutos chegaron a unha rúa de casas bastante vellas todas, e algunhas abandonadas e case en ruínas.

—Facede agora un pouco de forza cos miolos –díxolles a anfitrioa–, pra que ninguén se fixe en nós.

E abriu a porta, que parecía cravada pero bolaba moi ben nos porlóns, sen renxer sequera. Entraron e pasaron á parte de atrás da casa, que daba a un horteiro.

—Escollémola porque nas dúas dos lados tampouco non vivía ninguén. Así podemos usar o horteiro pra botar as nosas sestas ó sol, cando vai bo tempo. E ata fixemos un pozo nel.

—¿E a xente grande por que as abandonou?

—Boh, morreron os vellos, e os herdeiros son varios e están todos fóra. E a casa vale pouco, xa vedes, non ten máis ca un piso. Ó mellor un día veñen e tiran con ela e fan cinco ou seis alturas. Pero mentres dura, vida e dozura.

A casa non estaba tan mal por dentro coma por fóra, e a cociña lucía moi limpa e ordenada, cuns lacenos vellos e unhas banquetas gastadas, pero todo moi coidado, de piñeiro sen vernizar. A inquilina, que dixo chamarse Felisinda, colleu dun andel dous botes de fabada precociñada e púxoos a quentar nun fornelo eléctrico.

—Aquí na cidade hai que saber de todo. Á casa cortáronlle a corrente cando quedou baleira, pero eu conectei cunha condución subterránea. Foi un traballo moi delicado, e perigoso. Que se foda Fenosa, que tamén me asolagou o meu val.

—¿E os outros que viven contigo, ulos? –Fortunato quería poñer a proba unha forma de preguntar que lle oíra á Rosa Chinta.

—Estarán arriba, no obradoiro, que xa comeron. É que eu collín o día libre, e ía dar un paseo por Castrelos cando vos atopei. Vedes, levaba un bocata de queixo. Esto xa está quente.

Comeron os tres en pratos de duralex, e repartiron o queixo do bocadillo. Felisinda puxo unha cafeteira no fornelo, con moito contentamento dos seus convidados. Tomaron o café conversando, ou escoitando a Crisóstomo, que volvía falar moi fino, coma sempre que se encontraba con xente nova.

—Vamos agora arriba, que vos quero presentar os outros.

Nun pequeno cuarto alumado co sol da tarde traballaban tres persoas, unha femia e dous varóns, cosendo camisas. Montóns de camisas xa feitas estaban pregadas e apiladas, vinte ou trinta debían ser as que estaban cortadas encol dunha mesa, e había tres pezas de tea nun andel. Botóns, broches, fío, tesouras, agullas, dedais, estaban sobre as mesas, e o piso cheo de fiaños e retallos sobrantes. Crisóstomo chegou, viu e fuxiu escaleiras abaixo. Fortunato correu tras del e encontrouno arrecullado contra unha parede.

—¿Pero que é o que che pasa agora?

—Nos días da miña vida nunca tal outra vin. ¡Xente de nós traballando na costura! ¡Toda a miña vida amolando canto puiden nos xastres, caste arrenegada, e agora ver esto!

Unha aberración, unha blasfemia, un sacrilexio, eso é. Ai Fortunatiño, vámonos de aquí, esquece o teu fútbol e volvamos prá casa, que esto non che é vida. ¡Que barbaridade, que disparate!

—¿Que pasa logo? –preguntou Felisinda desde o alto das escaleiras–. ¿Non vides, ou que?

—Agarda un pouco, que agora o convenzo. É que o Crisóstomo ten un escrúpulo, pero axiña lle pasará.

—Ah, xa comprendo. A sorpresa foi moita. É culpa miña, que non me dei conta.

—A ver, Crisóstomo, sé razoable. Cada terra ten o seu uso e cada roca o seu fuso. E ademais, non sei a que vén esa teima túa. O traxe que levas faríacho alguén, digo eu. Nosoutros en Trasmundi cosemos.

—Líbrense de tal cousa os meus dedos. O traxe fíxomo un xastre, claro, que non naceu feito, e ben que mo cobrou en especies. Tamén eu lle fixen pagar caro o cobro, a pór de sustos. Pero eso non ten nada que ver. Mira, compañeiro, en tódalas miñas viaxes nunca encontrei xente nosa que se levara ben cun xastre, non sendo un que vivía na Picañeira, aló na Terra Chá. E eso porque aquel xastre era tamén cazador. Esto non me entra e non me entra. Vós en Trasmundi é distinto, que estades sós e non hai máis remedio.

—Pois ten que che entrar. Eu teño que facer o que viñen facer, e ti non me vas deixar agora, cando máis falta me fas, ¿ou? E estes son boa xente, e invitáronnos á súa casa, e o teu non é máis ca unha teima irracional.

—Eu non dixen que fose unha teima racional, pero é miña, e de moitos coma min, ou de todos, polo menos por onde levo andado. Aínda se fosen as femias só, menos mal, que eso algunha rara vez xa se viu, disque. Oes, ¿e quen dixo que había que ser sempre razoable en todo?

—Non, eu eso tampouco non o digo. Pero veña, Crisóstomo, vamos pra arriba, xa verás como non é nada, ho. Anda, faino por min.

—Vale. Pero coa condición de que se non dou aguantado volvo marchar, e ti vés comigo.

A Felisinda estaba tamén cosendo botóns cando volveron ó cuarto, pero deixouno en canto os viu entrar, e os outros largaron tamén.

—Honorables hóspedes —dixo Felisinda—, paréceme que agora convén ilustrarvos un pouco sobre as nosas vidas e ocupacións nesta cidade de Vigo. Comprendo ben a repugnancia do elocuente Crisóstomo cando viu os meus compañeiros ocupados nun labor tradicionalmente desprezado en tódolos sitios pola nosa xente, que xa non ama moito ningún traballo, pero que odia o exercicio da xastraría coa forza das tradicións máis profundas. Tamén nosoutros noutro tempo, aló en Castrelo de Miño, lles temos feito grandes trastadas ós homes que practicaban ese oficio, cada un polo seu lado, pois daquela viviamos sós e non fixeramos aínda sociedade forzando os nosos instintos de xente senlleira e pouco gregaria.

»Vós os de Trasmundi —seguiu—, dos cales eu pouco sabía non sendo por falacios, que nunca fun ó voso secreto país, vosoutros sodes amigos dos praceres da mutua compañía continua, e non volo reprocho, sobre todo agora que probei como era. Ten as súas vantaxes e os seus inconvenientes, e todo pende en qué pese máis na nosa idea.

»Sabede que hoxe somos en Vigo máis de douscentos os que moramos, cun xénero de vida ben diferente do que eu adoitaba no fermoso val de Castrelo, que agora xace debaixo das augas escuras e a lama do encoro. Poucos son os oriúndos de aquí, pois debedes saber tamén que os máis viñemos das terras de Ourense, principalmente das cuncas do Miño e do Sil, do Ribeiro de Avia e da Arnoia, do Bolo e de Valdeorras, e tamén uns poucos da Limia. Entre a xente grande de Vigo tamén pasa case outro tanto, e os nativos da cidade son minoría. Vigo medrou moito nos últimos anos, aínda que agora xa parece ir parando, e os máis dos homes e das mulleres que viñeron de fóra eran ourensáns das aldeas. Se cadra neso está un dos motivos da nosa vinda, aínda que non o único nin o máis importante, pois o motivo que máis nos moveu sería o capricho, a bo seguro.

»Non se sabe como empezou este movemento migratorio noso. Quizabes algunhas parroquias quedaron sen xente grande, e entón os medianos que alí vivían, cansos de aburrirse, empezarían a vir cara ó occidente, e ó mellor encontraron aquí algúns coñecidos que estaban a traballar un supoñer na Citröen, ou en Santodomingo, ou que puxeran un bar ou conducían un taxi. Pra nosoutros os selváticos é esencial ter xente grande cerca, pra divertírmonos á conta deles, e tamén pra axudarlles un pouco cando nos dá por aí. Fora como fora, a migración resultou contaxiosa, e a metade ou cerca da xente mediana de Ourense vive hoxe aquí, coma nosoutros, deles sós e deles en grupos de dous ou de catro, en casas que quedaron baleiras. Os que xa naceran aquí mestúranse con nós moitos deles, e outros seguen vivindo polos arredores, ou no parque de Castrelos, nas moradas tradicionais.

«O malo é que aquí non nos fan moito caso. A xente grande anda moi ocupada nos seus asuntos, e por outra banda, como viven en casas de moitos pisos non é moi doado meterse con eles. Eso será a razón de que a maioría vivamos en grupos, quizabes. Aló en Castrelo de Miño, poñamos por caso, vías un vello alindando unhas vacas e ías pra cabo del, disimulando as orellas, e el pensaba que eras un raparigo que latara á escola, un raparigo doutra parroquia, claro, porque os nenos da súa coñecíaos todos. Ti empezabas a falar con el, e se o vello era bo tornáballe as vacas pra que non cansase correndo, e el ó mellor dábache un caramelo se o tiña, ou mesmo te convidaba a tabaco se era un vello algo gamberro, que son os mellores. E se era ruín e che reñía por facer a escola nos camiños, e ameazaba con dicirllo a teus pais, pois ti podíaslle facer moscar tódalas vacas a un tempo coa forza dos miolos, ou facíaslle perder o mecheiro, e el adoecía por fumar, ou inducíalo a sentarse nunha buleira, e poñía unha cara moi graciosa cando sentía a humidade no cu. E outro día, ías e facíaslle un favor a un veciño e despois roubábaslle un queixo, ou esmelgábaslle unha colmea, e se cadra el víate e botaba a correr tras túa, e ti volvíalo tolo en voltas e revoltas e enchíaste de rir. Ou ó mellor tiñas a sorte de encontrar unha desas persoas grandes coas que podes ter confianza, e amigabas con ela e deixábaslle verche as orellas, coa condición de que gardase o segredo, e esa amizade duraba deica a morte, que a eles lles chega axiña de máis. Ai, meus amigos, que tempos aqueles. Ás veces dou unha volta por aló, e boto un mes ou dous en calquera parroquia do Ribeiro, e parece que me consola, sobre todo se houbo boa colleita de viño.

—¿E por que non quedas –preguntou Fortunato–, se tanto che gusta?

—Esa éche unha boa pregunta. Unha pregunta excelente, si señor. O malo é que non lle sei a resposta. Se cadra, un día vou e quedo pra sempre, pero polo de agora interésame moito o mundanal ruído de acó. Se cadra levo un mes, un supoñer, aló por Francelos, onde teño un amigo que fai o viño moi ben, e empezan a acordárseme as cousas de aquí, as partidas de birisca que boto con estes compañeiros, ou os barcos que chegan de fóra, ou as asembleas que ás veces facemos, ou a descarga do peixe no Berbés, ou o partido de fútbol en Balaídos, ou o cine. Daquela váiseme a vida detrás do recordo, e volvo. ¿Vós nunca fostes ó cine?

—Eu si –dixo Crisóstomo–, hai xa moitos anos. Andaba un que se chama Arturo de Caraño botando películas polas aldeas, e unha vez coleime nunha palleira, no medio da xente. Divertinme máis beliscando rapazas ca coa película, que era moi escura. Como non me daban visto, as labazadas levábanas outros.

—Agora sonche as máis delas en colores, as películas. Vaia, a cidade tenvos moitas vantaxes. O único malo é que as cousas aquí custan cartos e temos que traballar pra mercalas. Roubar aquí non está ben, porque aínda é ben difícil compensar con favores.

—O traballo boa cousa non é –dixo Fortunato–. Nós en Trasmundi traballamos canto menos podemos, e pra eso sempre no que a cada un lle gusta, e descansando moito, e brincando. Pró caso, o noso case non é traballar.

—Boh, non creas, nós tampouco non nos matamos gran cousa, que moitas necesidades non temos. Alugueiros non pagamos, luz e auga tampouco, nin impostos... Como vivimos da economía somerxida...

—A min que se traballe algo non me parece mal, sendo pouco –dixo Crisóstomo–. Pero o que xa me parece de máis é que traballedes na costura. Non vos quero faltar, pero ese non me parece oficio pra xente mediana de ben.

—A pera dura, co tempo madura. A nós facíannos falla os cartos pra mercar de comer, e mais prós vicios do cine e do fútbol, e pra outros menores, que algúns de nós fuman e todo. Algúns empezaron vendendo xornais, ou facendo recados, ou de camareiros por horas nas tabernas dos arrabaldes, pero era moi arriscado. Polas pintas de cativos que tiñamos que poñer, xaora.

—Xa teño oído –dixo Fortunato– que a xente grande ten leis que prohiben traballar os menores.

—Ouh, eso boa fe, leis haiche moitas e cúmprense poucas. O problema estaba en que eran traballos moi vistos, e sempre se acababa cometendo algunha imprudencia. Ben, o caso é que había un de Celanova, aínda levabamos pouco tempo inurbados, que facía mandados pra unha señora moi aseñorada que tiña dúas criadas, e un día que as criadas tiñan libre mandoulle coser un botón, que tiña que ir de visita e ela non sabía. O de Celanova, que se chama Abelardo, quedou tan asustado que colleu a blusa e a caixa de costura que a señora lle puxo na man e non foi capaz de dar unha palabra. A señora saíu da cociña dicíndolle que apurase. O Abelardo évos un tipo moi tímido. Abriu a caixa, e cando colleu a agulla na man sentiu un arrepío, pero sobrepúxose, e como a señora era moi xeniúda pero pagaba bastante ben, foi e enfiouna a ver. Como viu que pasar non lle pasaba nada, coseu o botón, e tan ben cosido que a señora lle deu corenta pesos por quitala do apuro. Cando nolo contou, estivemos a pique de o botar da asemblea, pero logo empezamos a pensalo e non encontramos razóns contra el. Aquela foi unha temporada que nós andabamos moi preocupados de ser racionais e científicos, non sei ben por que. O caso foi que a asemblea terminou discutindo a conveniencia de revisar os principios tradicionais, e revisámolos tanto que decidimos probar o oficio, por sermos revolucionarios. Mercamos uns cursos de corte e confección por correspondencia e puxémonos a estudar neles, con tanto proveito que en menos dun mes xa nos tivemos por expertos na arte, uns de camiseiros, outros de pantaloneiros, e así seguido. Agora case todos nos adicamos a esto, aínda que algúns seguen terqueando. E vainos bastante ben, e traballo non falta, que a moda galega véndese moito.

—¿Pero a quen lle vendedes a roupa? Porque pra poñer unha tenda farán falla papeis, documentos, e vós...

—Non, nós traballamos prós grandes modistas, que nos pagan por peza feita, o menos que poden.

—¿E eso non é ilegal, traballar así, sen seguro?

—Claro que o é, pero ben lles importa... En pagándonos pouco, a eles élles igual, con tal de que non se enteire a Inspección de Traballo. E eses non se enteiran nunca de nada, agás que denuncien os sindicatos, e cos sindicatos disimulamos. Nós o que facemos é que hai tres de nós que teñen a barba moi mesta, e deixárona longa e pasan por persoas grandes que quedaron pequenas por falta de medras. Mesmo amosan papeis e todo se fai falla, moi ben falsificados, que teñen moi bos contactos. Eles son os que tratan cos modistas, por comenencia nosa. Se os empresarios visen que son uns que parecen nenos os que traballamos pra eles, non teñades medo que pensasen na lei, o que pensarían é en pagarnos menos aínda.

—Vaia, vaia, vaia —dixo Crisóstomo—. Parece que me vou afacendo. Ó mellor eu tamén podía aprender a facer a roupa pra min, que o xastre cádrame lonxe, e ademais téñoo bastante cabreado. É que llas teño moi feitas tamén.

—Ben pode ser que aló de onde es cambien tamén os costumes. Pero agora contade de vós e por que vides a Vigo, e se podemos facer algo no voso beneficio.

Fortunato contou coas menos palabras que puido o motivo e propósito da súa viaxe, o cal non deixou de asombrar algo ós urbanos, que pediron explicacións e informes da vida en Trasmundi.

—Se tanta curiosidade tedes —dixo Fortunato—, tamén podedes vir dar unha volta por aló, que os sete vales nunca estiveron pechados pra vós os de Fóra. Só prá xente grande, por simple prudencia. Vós seredes ben vidos, e se queredes quedar, tamén hai sitio, que Trasmundi é ben grande e ben fértil.

—Eso xa sería raro —contestou Felisinda—. A vosa vida parece boa, pero nós estamos afeitos á nosa. Agora que se cadra hai algún que quere fichar polo teu equipo. Aquí haiche bastante afección a ir ós partidos, sobre todo por insultar ós árbitros. Os mesmos nativos de Vigo son case todos uns siareiros fanáticos, co Celtiña por aquí e o Celtiña por acolá, e len o Faro e van ás barbarías por discutir de fútbol, e eso que non poden cortar o pelo nelas porque lles apalparían as orellas. Cando lles chega a vez, vanse co adaxo de que lles é tarde, que teñen clase de música ou así.

—¿E poderiamos xuntalos nalgún sitio, por falarlles xuntos e ver como lle dan ó balón?

—Pois non é mala idea. Podía ser en Castrelos, pareceriamos nenos. Pero terá que ser mañá ou pasado, senón os gardas pensarán que latamos á escola, e teremos problemas.

—¿E logo o martes que vén? ¿O primeiro de maio non é festivo?

—Un momento un momento: o Primeiro de Maio é sagrado, nós imos todos á manifestación, que nosoutros somos obreiros con conciencia de clase. Mirade, o mellor será poñer un anuncio no xornal avisando pró domingo pola mañá. Se temos que avisar a todos persoalmente dá moito traballo, e ademais cun anuncio entéiranse tamén os dos arredores, os que seguen coa vida selvática, que estarán aínda máis áxiles.

—¿E levas ti o anuncio ó xornal? ¿E custará moito?

—Polos cartos non te apures, que os poñemos nós. Ti escribe o anuncio, e eu doullo a un dos que tratan cos grandes pra que o leve el. ¡Que viva o Cuspedriños de Riba! Aínda que eso da discriminación de sexos, a min...

—¡Que vai ser discriminación, se non é máis ca un capricho! As cousas viñeron así, sen premeditación ningunha. A ver, trae logo papel e lapis. Haberá que redactalo con moita finura, pra que non acudan os que non deben. ¿A xente de por aquí tamén segue o costume de ter nomes longos?

—Claro, ho, ¿logo pensas que somos da aldea?

11

Onde se fala moito de política e de socioloxía, ademais de xogarse un importante partido de fútbol

Nas páxinas de deportes do *Faro* do sábado púidose ler un anuncio en letra pequena, pero cun recadro que salientaba con claridade este texto:

**BÚSCANSE FUTBOLISTAS VARÓNS
NORMALMENTE SEN BARBA
E MOI ORELLÓNS**

**De nome abundante e escasa estatura
Para xogar nun equipo que é presa da desventura
Salario moi fraco, faena moi dura**

**Quen estea interesado, que acuda ó parque de
Castrelos o domingo ás oito da mañá, onde
Fortunato, capitán e porteiro do vencible
Cuspedriños de Riba, fará a selección.
Absténianse curiosos.**

O tipo barbudo que levara o anuncio ó xornal veu aquela mañá de visita á casa dos de Castrelo, e dixo que lle custara traballo facelo poñer, que pensaran que era unha tomadura de pelo, e que tivesen coidado coa policía, non fose sospeitar algo raro.

—Pero —dixo Fortunato—, ¿vós non podedes, mentres eu fago as probas, botar un ocultamento ben forte?

—Non, filliño non —respondeu o barbas, que se chamaba Estanislao e era canoso e moi paternal—. Nós, desque vivimos en Vigo e nos dedicamos á industria témosche moitas outras cousas que ocultar, e ademais as forzas vannos rebendo. Debe ser que nos contaxiamos moito dos costumes dos grandes, e ó peor ímonos volvendo coma eles. De porparte, o noso poder de disimulo xa non debeu ser nunca tanto coma o dos de Trasmundi. ¡Ocultar sete vales! Claro que vós tedes aqueles aparellos paradoxais e évos máis doado. ¡Así calquera se esconde!

—¿Logo ti víchelos, os aparellos, ou contáronchos?

—Vin, fillo, vin. Aló na miña lonxana mocidade fun botar uns días cun de aló que andara viaxando por Fóra, e fixerámonos moi amigos. Ai, eu daquela tíñache a barba ben moura, e el tamén. ¿E vivirá aínda? Tiña un nome aínda máis longo có meu, que o meu se se quere pódese pronunciar con catro sílabas, e o del non. Chamábase Asclepiodoto.

—E aínda se chama, que vive aínda e goza de boa saúde. Éche precisamente meu pai, e elixímolo rei hai uns anos.

—¡Canto me alegro, filliño, canto me alegro! Daraslle recordos da miña parte...

—¿E el é bo gobernante? –preguntou Felisinda.

—Moi bo, goberna a súa casa que dá gusto, polo menos a el. E os máis gobernamos a nosa.

—Eso é moi raro –Felisinda torcía o bico ó dicilo–. Primeiro oio que elixides un rei por votación máis ou menos democrática, coma se fose o presidente dunha república ou o secretario xeral dun sindicato. Despois oio que non goberna máis cá súa casa, coma se non o houbese. ¿Quen é logo o que goberna, o que manda o que hai que facer? ¿Tedes un consello de ministros, ou que?

—¿E pra que os queremos? Co rei chega abondo, pra presidir e representar. E aínda nin el faría falla, pero é un costume.

—Pero Trasmundi é un estado, e haberá que rexelo.

—¿E eso do estado, que é?

—Hai moitas definicións na filosofía –contestou a esto Crisóstomo–, pero a única convincente é aquela que di que o estado é un aparello de dominación duns sobre doutros, con algunhas diferenzas de matiz.

—Daquela, en Trasmundi non o hai. As vellas crónicas falan de algo así ó principio, cando nos escondemos, pero xa hai moito que non existe dominio ningún.

—Pero, Fortunato –porfiou Felisinda–, nós non somos máis ca douscentos, e aínda así ás veces non hai maneira de poñernos de acordo, e eso que estamos coma quen di na clandestinidade, que sempre une moito. Eso é o malo de vivir en sociedade. Hai veces que unha asemblea dura un día enteiro.

—Pois as nosas, algunhas duran unha semana, con descansos pra comer e durmir e atender o máis urxente. E ás veces nin así chegamos a poñernos de acordo, nin é moita a perda.

—Pois moi mal debe funcionar Trasmundi.

—Pois aínda che vai funcionando.

—A min paréceme –volveu dicir Crisóstomo– que a compañeira Felisinda non ten en conta as condicións obxectivas de Trasmundi, que son cualitativamente diferentes das de aquí. Aquí Fóra, segundo levo observado nas miñas viaxes, impera a propiedade privada. Polas miñas conversas con Fortunato, en Trasmundi predomina a propiedade común, e ademais están libres da inxerencia da xente grande. Deso dedúcese que alí as cousas serán doutra maneira, e cada quen fará máis ou menos o que debe facer, con pouca diferenza, e as discusións paréceme que serán máis ben polo gusto de discutir, que sempre é divertido.

—Moi ben falado, si señor –dixo Estanislao–. Eso tamén mo parece a min, que estiven nunha asemblea de aló nos meus tempos. En Trasmundi vivían moi ben, eso é verdade. Cada quen facía as cousas que máis lle gustaba, e as que non lle gustaban a ninguén sempre as acababan repartindo entre todos. Se cadra fixen mal en non quedar a vivir aló.

—Eu pola miña parte –seguiu Crisóstomo–, teño estudado moitos sistemas políticos na miña cómoda caverna, e este de Trasmundi tamén a xente grande o ten inventado, aínda que nunca o deron implantado ben de todo, e menos aquí. O que sucede é que o compañeiro Fortunato non ten moita formación filosófica, de modo que non sabe que eso se chama comunismo.

—Vaia, vaia, vaia –dixo a Felisinda–, logo era a eso ó que se refería o señor Ferrín o outro día, nunha conferencia que deu. Eu cheguei case ó remate, por eso non entendería ben. E agora haberá que xantar.

—É mellor que vaiamos a un sitio que eu teño de man —propuxo o Estanislao—, por non poñerse a facer agora. Alí non fan preguntas, porque xa saben case todo. É un que veu aló de cerca de Viana do Bolo, e eu xa o coñecía, e temos moi boa amizade.

—Tan boa que te ten na súa casa —aclarou Felisinda—. Mesmo lle falsificou carné de identidade e todo, que a saber como o fixo.

—E amañábame unha pensión se eu quixera. En tempos fixo billetes nunha imprenta que tiña, que enganaban ó mesmo Banco de España. Pero nunca os quixo poñer en circulación, fóra do da proba, e terminou queimándoos. El é un home honrado, di, un falsificador puramente deportivo. Cada quen ten as súas manías.

Xantaron sopa de peixe ben mesta, con ovos cocidos e torradas, e beberon unhas botellas de viño do Condado coa axuda do taberneiro, que de ningunha maneira quixo cobrar. A sopa fora encargada por uns que despois non viñeran, dixo, e xa estaba na conta de perdas, e ó viño convidaba el. Despois dos cafés, que se acompañaron cunhas copexas de augardente de herbas, desfíxose a reunión. Felisinda levou ó cine a Crisóstomo, que quería saber como era en colores, os outros tres de Castrelos quedaron na taberna para axudar a lavar a vaixela, e Fortunato pediulle a Estanislao que fose dar unha volta con el, que lle quería preguntar unha cousa. O barbudo guiouno pola Falperra, e subiron ó Castro. Sentados ó carón do monumento ós galeóns de Rande, vían a cidade abaixo.

—É que me chamou moito a atención que na casa dos de Castrelo de Miño viven dous varóns e dúas femias. ¿E el é casualidade ou non? Esta noite, Crisóstomo e mais eu deitámonos sós nunha habitación, e non vin onde durmían eles, nin tiven cara a preguntarlles se se xuntaban por parellas.

—Pois paréceme que si, aínda que non estou ben seguro. O de xuntarse en parellas agora lévase moito en Vigo, anque non sexa por fillar. ¿E por que o preguntas?

—É que aló, ben sabes, ese costume xa o temos desde hai moito tempo, pero polo que levo visto, os de Fóra non. Por eso me parece raro.

—Xa ves, tamén nos fixemos xastres. Mira, filliño, esto non che hai quen o entenda. Antes, a nosa xente dividíase en dúas castes, os de Trasmundi e os de Fóra. Os de Trasmundi erades amigos da sociedade entre vós e non vos tratabades case nunca cos homes. Os de Fóra xuntabámonos pouco entre nós, pero andabamos moito entre os homes, pra ben ou pra mal. Pero desque nosoutros viñemos pra Vigo, xa se pode dicir que hai unha nova fracción na raza, e seguen chegando outros, e nacen fillos, e duramos moitos anos, e dentro de pouco haberá en Vigo quiñentos de nós ou máis. Se cadra chega un día que non hai máis remedio ca darse a coñecer, e a ver o que pasa. Vaia, eu non creo que o vexa. Xa vou indo vello, xa fixen os cento corenta, e calquera día marcho prá Veiga do Bolo e déixome ir.

—Tamén podes vir pra Trasmundi, se queres.

—Tamén. Pero mira, aquí en Vigo non se che está mal tampouco. Os costumes van cambiando. O malo é que a nosa capacidade de ocultación vai minguando tamén. ¿Non viches que todos levamos o pelo longo e moi rizo? Facemos a permanente pra tapar as orellas, por non cansar tanto os miolos. Dentro de pouco teremos problemas pra isolar as casas que habitamos, ou quizabes a xente grande empece a preguntarse de onde sae tanto rapaz con cara de raposo como vai andar polas rúas. E aínda é sorte que a xente das cidades non se fixa moito nos máis.

—Tampouco non hai que ser tan pesimista.

—Éche o viño, que sempre me pon melancólico. Pero as cousas tampouco non che están moi claras de seu.

—Se se terza, sempre podedes escapar pra Trasmundi. Alí xa viven polo menos catro ou cinco que viñeron de Fóra.

—Tamén Fóra hai algúns que viñeron de alí. Eu coñecín un no val de Quiroga, e outro na Limia. Pero son casos raros, xente moi ríspeta e solitaria, e supoño que os que marcharon pra Trasmundi serán xusto ó revés. Creo que a maioría non se afaría ben ó cambio.

—Habendo necesidade, a todo se chega. E Trasmundi é bo sitio, paréceme.

—Eso seguro, o mellor que hai no mundo. Pero os que nacemos Fóra temos as nosas teimas.

—Pois a min xa case me tarda volver, e eso que estou aprendendo moito estes días.

—¿E vives senlleiro aló?

—Polo de agora si. É que, sabes, a Hermelinda a min gústame, pero como somos capitáns de equipos contrarios, e eu sempre perdo... Ora que, se pró ano que vén gañamos, eu fálolle.

O outro día, ás oito menos cuarto da mañá xa estaban Fortunato e Crisóstomo con Felisinda no parque de Castrelos, cerca da entrada. Deseguida chegou Estanislao.

—É que ó mellor aínda vos quito dun apuro. Unhas barbas brancas sempre se fan respetar.

Ían chegando algúns que saudaban a Felisinda e a Estanislao, e logo ós dous foristeiros. Había varias femias que viñan por curiosidade, a pesar da advertencia do anuncio, e varios críos demasiado novos, pero os máis deles eran machos adultos. Dous parecían non chegar de fóra, senón de dentro do parque.

—Estes son oriúndos de aquí, os que falan polo ese.

—Vaia –observou Fortunato–, xa temos outro dialectólogo.

Xuntáronse máis de corenta, e Fortunato explicou a súa pretensión. Non se entusiasmaron moito ó saber que o equipo era de lonxe, e fixéronllo saber.

—Pero de tódolos xeitos, un partido xogámolo. Xa que estamos aquí...

Estanislao mandou calar e concentrarse. Achegábase un garda municipal, bastante groso, coa cara moi colorada, xa vellote.

—Bos días. ¿E logo que fan por aquí tan cedo?

—Sómoslle dun colexio –respondeulle Estanislao moi cumprido–. Viñemos de excursión a Vigo, e queremos facer un pouco exercicio. Pola mañá non hai mellor cousa, que os rapaces, se non os canso un pouco, non lle hai quen poida con eles todo o día.

—Razón non lle falta, señor. ¿E vostede será logo o director do colexio, se non é moita a pregunta?

—Son si señor. Vimos de Ourense, por ver o mar.

—Ai, e son de Ourense. Daquela xoguen, xoguen o que queiran, que cos de Ourense non hai péga. Eu tamén lle fun de alí, sabe.

—Xa mo semellaba na fala.

—¿E non lles parece mal que quede un pouco pra velos xogar?

—¿E por que nos ha parecer? Todo ó contrario, home, todo ó contrario, moi honrados por telo de público. A ver, Fortunato, é mellor que empeces.

—A ver logo. ¿Quen se pon tamén de capitán?

Saíu un dos oriúndos levantando o brazo, púxose a cinco ou seis metros de Fortunato e empezaron a contar os pasos. Cubriu o vigués.

—A ver, pido a Victoriano.

—Eu ese de aí, o do garsé colorado.

—Eu a Decoroso.

—Moito gusto me dá –dixo o garda– que por Ourense sigan poñendo eses nomes de tanto respecto. Por aquí non hai máis ca chamadoiros correntes, Pepes e Manolos e así. Cousas da cidade, xa sabe. Eu chámome Hermenexildo, anque todos me seguen Merexildo, que é máis doado de pronunciar.

O barbudo mestre mirouno con aprecio crecente.

—Pois eu sonlle Estanislao, pra servilo. Pequeno serei, pero ben o compenso co nome.

—Eu pido o dos zapatos marelos.

—E eu a Policarpio.

—E eu o dos calzóns remontados.

Xa estaban completos os dous onces, e Fortunato quitou a pelota do macuto que lle sostiña Crisóstomo.

—Cerquiña de aquí –dixo o garda– hai un sitio mellor, un pouco máis grande. Veñan, veñan comigo.

O sitio non era tan grande coma un campo de fútbol, pero valía de sobra. Marcaron as portarías cunhas pedras e decidiron que as liñas do campo se calculasen por aproximación e de boa fe. Fortunato pediulle ó garda que fixese o saque de honor.

—Home, moitas grazas. Señor Estanislao, ten vostede uns alumnos que dá gusto, de educados que son. Ou será que vostede é un mestre moi bo.

—Non, que vá, todo o mérito é deles, que son de moi bo natural.

Comezou o partido, e facía de árbitra a Felisinda, que pitaba con moita decisión, se non sempre con xustiza. Ós tres minutos de xogo, Fortunato encaixou o primeiro gol, metido por Decoroso dun balón que lle pasara Policarpio dando un pinchacarneiro e chutando de esquerda pernas arriba. O garda aplaudiu coma un tolo.

—Se xogaran así os do Celtiña, non nos metían as palloscas que nos están metendo. Gañabamos a liga, en vez de ir ó rabo coma sempre.

Ós vinte minutos, como fora acordado, Felisinda pitou o final do primeiro tempo. Fortunato encaixara catro goles, e o outro porteiro tres. Non se fixo descanso, e cambiaron as portarías. Agora Fortunato tiña o sol ás costas, que antes traspintáballe un pouco a vista, e fixo varias paradas maxistrais. Terminaron gañando por sete a cinco os de Fortunato. O garda deulle unhas palmadiñas no lombo.

—Moi ben xogades todos, amigo. Nunca tal cousa vin, e eso que levo toda a vida indo ós partidos de fútbol. Eses rapaces xogan mellor ca Di Stefano, e ti es mellor porteiro ca Zamora. Falar é parola, pero esto éche a verdade pura tal como a sinto. Ai, canto me gustou velos xogar. Esta tarde non vou a Balaídos. Ai, despois desto, ¿que é o que me queda por ver? Ai que mocidade, que mocidade. ¡E son de Ourense, carallo! ¡Viva a terra da chispa, centella viva!

E o garda meteuse por Castrelos arriba e perdeuse entre as árbores. Fortunato volveuse cara ós futbolistas.

—Ben, xa sabedes o que hai. A min valédesme todos. Con dous ou tres coma vós, o Cuspedriños de Riba queda campión. ¿Que, animádesvos a vir? Aló non hai cine nin outras cousas de aquí, pero que comer non falta, e a xente é boa e moi parrandeira.

Os xogadores moneaban, dubidando.

—¿E canto pagas?

—¿E canto che hei de pagar? Aló non hai cartos. O que che faga falla, pídelo, e como o houber, non has de ter queixa.

—Non sei, non sei. Aquí estamos afeitos doutra maneira. Agora que, ben pensado, uns meses de vacacións aló tampouco non estarían mal. Non estou moi decidido. ¿E vosoutros?

Ninguén contestou, e todos puxeron cara de dubidar intensamente.

—Vale, como queirades. Pensádeo ben, que non hai présa ningunha. Os que queirades ir, espérovos prá lúa chea de xullo nun sitio que vos dirá Estanislao, que ben sabe del.

—Agora é mellor irse –dixo Estanislao á súa volta–, que empeza a vir xente grande. Os que non vaian a Balaídos esta tarde, xa nos veremos pasado mañá na manifestación. E andade con sentido, nada de facer grupos de máis de catro. Mesturarse cos grandes e non meterse en problemas. Vamos, Fortunato, ven canda min. Imos dar unha volta deica o xantar, e despois xa veremos.

Faltaba pouco para empezar o partido entre o Celta e o Valencia. Fortunato e Estanislao paseaban por Balaídos vendo como chegaba a xente. A circulación estaba imposible.

—¿E logo veñen doutras cidades pra ver o Celtiña? Eu pensei que a afección era unha cousa local.

—E éo, ¿por que o dis?

—É que como veñen en coches...

—Ai, é por eso... Ó mellor vívenche aquí mesmo ó carón, pero collen o coche mesmo pra iren mexar. Chegaban a pé máis axiña.

—¿E logo, padecen dos pés, aquí na cidade? A min o Crisóstomo contoume de persoas grandes que cansaban os camiños de ben que andaban. Tan ben coma nós, ou mellor.

—Eso éche unha cousa que non entendo moi ben, e eso que xa levo ben anos en Vigo. Cando cheguei aínda aínda, pero cada vez foi indo a peor. Agora hai máis coches, ó mellor hai quen vive moi estreito e merca un Mercedes, e lévao decotío coma se fose unha chaqueta. Se padecen dos pés, será que non andan.

—A verdade é que pouco me gusta esta vida. Non comprendo como vos deu por vir pra aquí.

—É que está o cine, e os partidos do Celta, e este rembombio de xente. Vaia, e podes ler os xornais tódolos días, e hai bibliotecas, e todo eso. Apréndense cousas.

—Pois pra min que non paga a pena. Desque chegamos a Lugo, tódolos días lin xornais, e pró que traían. E ver o fútbol dos grandes, non sei que graza vos ten. O garda dixo que nós xogabamos moito mellor. Polo menos, marcamos máis goles.

—É verdade, xaora. Non hai comparanza.

—¿E as bibliotecas? Crisóstomo ten trinta libros, e ademais pode entrar de noite nas bibliotecas das escolas, se quere, e cando lle dá a gana lelle os libros de escolástica ó crego da súa parroquia, que os usa pouco e non os acha de falta, anque llos leve prestados. Pra eso non fai falla vivir na cidade. E en Trasmundi tamén temos libros. Eu teño seis, deles dous impresos e catro copiados pola miña man, da biblioteca federal. Eu mesmo fixen un libro, ¿sabes?, un pequeno ó lor do fútbol. Tamén compuxen algunhas poesías. E ó mellor, cando volva fago un relato da miña viaxe.

—¿Logo o fútbol non vos chegou de Fóra?

—Si, pero eu teoricei un pouco e adaptei algunhas cousas. De Fóra trouxeran só un regulamento, e era algo frío. Nosoutros agora pouco saímos de Trasmundi, pero de vez en cando a algún pétalle dar unha volta, e sempre trae dous ou tres libros, ora de agricultura, ou de poesía, ou de calquera outra cousa. ¿Sabes cantos libros hai na capital federal?

—Cando eu estiven aló habería dous mil, non me acordo ben, que hai moito tempo.

—Hai tres mil douscentos noventa e sete, entre manuscritos e impresos, sen contar o catálogo, que se acabou de facer o ano pasado. Son catro volumes, que din do que tratan tódolos outros. Os manuscritos, os máis deles foron feitos por nós. E polas casas hai outros tantos dúas veces, ou máis. Só que destes moitos están repetidos. Temos unha gran biblioteca.

—Cativa non é, se está ben escollida. Pero aquí nun mosteiro de non moi lonxe haiche unha biblioteca que ten polo menos cen mil. E eso non é nada, que polo visto hainas de máis de dez millóns de libros polo mundo adiante.

—¿Ti falas formal, ou tómasme o pelo?

—Éche a verdade verdadeira. E mira, agora por Vigo púxoseche tamén moito de moda a poesía entre nós. ¿É ben curioso, non si? Cando estabamos por Ourense non nos interesaba nadiña, e agora algúns mesmo a escriben, igual ca vosoutros.

O partido empezara xa. Chegaban aínda algúns atrasados, pero xa non había cola nas taquillas.

—E eses que están aí sentados, ese home e eses nenos, ¿que fan coas mans estendidas? –preguntou Fortunato–. Xa acó vin outros así, e en Lugo e en Compostela tamén. «Estou en paro e teño catro fillos». ¿Que quere dicir ese cartel?

—Pois o que di, que non ten traballo e non gaña cartos, e ten que pedir pra comeren na familia. Éso é o que quere dicir.

—¿Pero daquela, por que non colle? ¿Ou non hai comida bastante en Vigo?

—Claro que a hai, e aínda sobra. Pero aquí non se pode coller, que a eso chámanlle roubar, e está castigado.

—¿Pero como vai estar castigado? Coller, roubar, que máis ten... ¿Logo o que hai non é de todos? ¿E por que non ten traballo ese home?

—Vaia, pois porque o botarían da empresa.

—¿E logo a empresa de quen é? ¿Non é tamén del?

—Non, Fortunato, non, a empresa éche do patrón. Eso é o que falaba onte o Crisóstomo, o que pasa é que non o entendiches.

—Eu non entendo nada, cómame o demo se entendo. Eu teño unha casa e vivo nela, e ninguén pode entrar se eu non lle deixo. Eso é propiedade privada, paréceme a min. Pero as chousas de aló son de todos, e os carballos, e os montes, e os muíños, e as forxas, e as minas de ferro e de carbón, e todo é de todos aló en Trasmundi, e mentres haxa comida ninguén pasa fame, e cando non haxa abondo pasarémola todos. ¿E por que o botaron do traballo?

—Porque sobraría. Botan moitos. Entre a xente grande de Vigo, de cada dez hai tres que non teñen choio.

—¡Pero eso non ten xeito ningún! Así, os que teñen traballo traballan de máis. Non me parece maneira, o traballo tal como se fai aquí non é nada agradable, coido. Debían repartilo. Así traballaban todos e ninguén tiña miseria.

—Ai si, filliño, coa lóxica nosa éche así. Pero ós patróns non che lles convén.

—E postos a eso, ¿por que non lles convén? ¿Que é o que queren logo?

—Eles o que queren é gañar moitos cartos. Éche moi sinxelo, mira: se todos tivesen traballo, podían pedir subas de salario. Pero como hai moitos no paro, os que teñen choio non lle poden pedir suba ó patrón, porque os bota e colle outros.

—Pero atende, ¿entón por que non lles quitan as empresas ós patróns? Porque os patróns serán menos cós obreiros, digo eu.

—Claro, pero a cuestión é poder. Moitos obreiros sonche tamén desa idea, pero os patróns téñenche moita forza. Teñen aquelo do que falabamos onte, o aparello do estado.

—Mira, Estanislao, escoita o que che digo: eu quedo deica pasado mañá, por ir convosco á manifestación, pero despois collo e voume. Eu aquí non aguanto. Un home pedindo esmola pra comer, que vergonza. ¡E uns meniños pasando fame se cadra!

12

Onde transcorre unha noite e se contan dúas historias

Perdeu o Celtiña por non variar moito de costume, e había moitas conversas por todo Vigo sobre o ben e o mal que xogaran uns e outros e mais sobre a responsabilidade do árbitro no resultado. Pero Fortunato non tiña moita gana de tomar parte nelas. O vello Estanislao acompañábao no seu humor fúnebre, e intentaba distraelo contándolle cousas. Foron cear á casa dos de Castrelo de Miño, pero estes queríanse deitar cedo, pois ó día seguinte tiñan pensado traballar para entregar un pedido urxente. Fortunato non tiña sono ningún.

—Pois eu durmía de boa gana —dixo Crisóstomo—. Así mañá podía aprender algo de xastraría, aínda que fose pouco. Sequera a coser un botón ou poñer un mendo, que ás veces fai falla.

—Daquela nós imos dar un voltio por aí, se queres —ofreceuse Estanislao—. A noite éche nova. Pero é mellor que te disfraces algo.

Un dos de Castrelo trouxo un bigote postizo, moi ben feito con barbas de verdade, e apegoullo a Fortunato no labio. Era mesto, e apuntaba unhas guías para arriba. Mirouse no espello, e non tivo máis remedio ca encontrarse favorecido.

—Se o tivese máis mesto, deixábao de ben boa gana.

—Ti concéntrate en disimular as orellas, e se acaso en parecer un pouco máis alto. Ou senón, deixa. Está o circo ruso instalado no Areal, e con estes pómulos saíntes que temos tomarannos por ananos do tipo eslavo.

—Boh, tan pequenos tampouco non somos. Algo si, pero pra ananos de circo paréceme que somos altos de máis.

—E por outra banda –dixo Crisóstomo moi cheo de razón–, ¿onde se viron ananos de circo ruso que vaian polas tabernas falando galego entre si?

—Tamén é verdade. Ben, de noite os gatos son pardos, e os que andan dereitos son homes. Vamos aló, que mal será. Vosoutros non vos preocupedes se o Fortunato non volven, que ó mellor dorme na miña casa. Eso, se dorme.

Saíron os dous coma pai e fillo, ou coma tío e sobriño que viñesen á cidade por asuntos de negocios e de camiño quixeren botar un pouco a perna fóra do cesto. Percorreron varias tabernas do barrio cargando cervexa, Estanislao sempre contando aventuras e sucedallas de cidadáns clandestinos. Cando sentiron a cabeza algo pesada de máis, empezaron a dar voltas polo Berbés.

—Sexa como for –dicía Estanislao–, aquí Fóra sempre houbo máis ou menos un de nós por cada mil galegos, sequera polas aldeas. Nas cidades, desque empezaron a medrar tantísimo quedamos atrás e perdemos a proporción, fóra do caso de Vigo. Máis aínda, parece que das outras cidades mesmo van fuxindo os poucos que hai. Na Coruña, por poñerche un caso, case que non queda ningún, seica.

—¿E logo por que será? Digo, o haber un por mil.

—Non cho sei fixo. Ó mellor é verdade o que contan de Frederico Milhomes. Ou se cadra é só casualidade, ou capricho.

—¿Pero quen era ese Milhomes? Nunca teño oído falar del.

—Non, en Trasmundi non debedes ter noticias deso. Vós en Trasmundi, moita historia e moitas crónicas, pero nós os de Fóra temos as nosas lendas, que son tan bonitas coma os vosos anais. ¿O Milhomes? O Frederico Milhomes era unha persoa mediana que vivía en Compostela hai moitísimos anos. Daquela había máis confianza entre a raza humana e a nosa, e os nosos devanceiros vivían moitas veces á vista da xente grande, sen esconderse pra nada. Esto próbase fácil mirando as igrexas antigas, pois nos canzorros de moitas delas hai xente de nós retratada ó natural, coas orellas visibles e todo, e esto había de ser porque serían amigos dalgún canteiro. O Frederico con quen tiña moita amizade era con don Pedro Mesonzo, un señor que escribía moi ben en latín e que traballaba de bispo en Compostela.

»Daquela andaban os árabes por España, e ás veces viñan tamén deica Galicia por apañar algo. Eran tempos revoltos, pois aquí había pouca xente, e pobre e mal armada, e polo mar viñan tamén de cada pouco os normandos, que roubaban a Cristo que atopasen por diante. Os árabes eran tamén moi perigosos, que naquel tempo tiñan a mellor cabalaría do mundo, e cincuenta ou cen que viñesen collían canto podían e marchaban a todo correr, sen dar tempo a reaccionar á xente do país.

»En Compostela había daquela bastantes tesouros, e esto era ben sabido, que os traían os peregrinos que viñan da Franza, e de máis lonxe aínda. Os árabes tiñan un adaíl moi ousado, Almanzor lle chamaban, e unha vez colleu unha tropa de mil cabaleiros escollidos, a flor e a tona da cabalería andaluza, e veuse pra acó rompendo e fendendo. Diante del chegaban as noticias, cun día de adianto, e ninguén quería facerlles fronte, que non se atrevían con aquelas espadas curvas que cortaban coma gadañas. O clero e o pobo de Compostela fuxiron, e algúns dos nosos que alí moraban tamén, pero Pedro Mesonzo nunca puido dar convencido ó Frederico, que se emperrenchaba en defender a cidade el só se era preciso.

»—Pero Frederico, vante matar, que son moitos e valentes.

»—Aínda nunca se viu que un home grande dera matado un mediano. ¿E logo eses alarbios, non son homes tamén?

»—Demos do inferno han de ser –dicía o bispo. Pero tivo que marchar sen o seu amigo.

»Ó outro día entraron os mouros na cidade, e achárona deserta e baleira de tesouros, que os fuxidos leváranos consigo. Seica usaron pra corte dos cabalos a catedral de daquela, que era máis pequena cá de agora. Chegaran xa cerca da noite, e axiña se botaron a durmir, pois viñan cansos de galopar e roubar. A medianoite, as campás da catedral empezaron a estarabouzar. Os mouros saíron das súas pousas moi asustados e a medio vestir, e as campás calaron de súpeto. No campanario non se vía ninguén.

»—Será cousa de meigaría. ¡Estes cristiáns son coma os demos do inferno!

»A función repetiuse dúas veces na noite. Á terceira, Almanzor cabreouse, que non lle deixaban durmir, e mandou dous agarenos a facer garda no campanario, con pena de vinte xostradas se o volvían espertar. E ninguén o espertou, pero ó amencer os dous soldados estaban atados na espadana do campanario, con mordazas na boca, e non foron capaces de dar razón do que lles pasara. As vinte xostradas leváronas igual, por deixarse coller e por beber contra os preceptos do Profeta, por se acaso o choio fora así, que non fora tal.

»O día pasou sen máis novidade cá de ver os árabes fozando en busca de tesouros que puideran quedar esquecidos ou confiados á terra. Xa no camiño roubaran bastante, pero o vicio era moito. Buscando buscando, fixeron unha boa desfeita, pois ás veces tiraban as paredes adrede, e outras cavaban tan ó rente dos cimentos que os edificios víñanse abaixo. Algúns soldados morreron así, pero a Almanzor non lle importaba moito.

»Entrementres, Frederico non estaba ocioso. Pensaba as súas seguintes accións, e de camiño espantaba o máis que podía ós árabes que andaban sós ou en grupos pequenos, disfrazado de cousas malas polos corredores e estancias escuras. Os árabes non encontraban nada que valese a pena, e cada vez se cabreaban máis.

»Cando chegou a noite, Frederico meteuse na tenda de Almanzor e presentouse perante el despois de poñer fóra de combate a súa garda persoal cuns pos adormentadores. Almanzor asustouse un pouco, pero a intención de Frederico era distinta. Díxolle ó adaíl que el era un xenio dos desertos de Arabia e que estaba exiliado porque se puxera a mal cos seus conxéneres de aló, que o querían prexudicar, e que tiña a intención de axudarlle a el, a Almanzor, coa condición de que Almanzor lle axudase despois a vingarse dos seus inimigos. Contoulle que os porcos cristiáns eran tan escelerados que enterraran as súas riquezas no cemiterio, sabendo como sabían que os piadosos árabes non profanarían as tombas.

»—Pero ti debes abrilas –dicíalle–, pois quixéronte enganar, e eso xustificará o teu feito. E despois, coas riquezas de Europa enteira que aquí están ocultas, contratas moitos guerreiros e faste califa en Arabia, e axúdasme a vencer os xenios inimigos meus. O malo é que terás que fozar todo o cemiterio, que as riquezas non sei en que covas as meteron. É un tesouro de ouro puro, que non o hai tal no Al-Andalús, nin na Arabia Feliz. É todo pra ti, ouh príncipe dos crentes, e pra min a vinganza.

»Almanzor era moi ambicioso, e aínda que o ouro non lle levaba moito a vida, soñaba con ser califa no canto do califa de Oriente e do califa de Occidente. Así que ó amencer o día seguinte, que veu moi quente, puxo tódolos seus homes a desenterrar os cadáveres, que había moitos aínda recentes por culpa dun andazo moi malo que houbera. Cavaron todo o día, sen máis resultado ca tres ou catro cousos de prata que algúns mortos levaran a terra por inadvertencia dos familiares e dos enterradores. Almanzor maldicía a Frederico en árabe literario, pero este non aparecía por ningures.

»Deitáronse derreados todos, menos Almanzor e os capitáns, que non traballaran, e cos fuciños anoxados de tanto cheiro a podremia. Algúns xa laiaron de noite, pero ó día seguinte a cuarta parte do exército estaba xa seriamente enferma. Era a peste. Non sería a negra, que esa debeu vir despois, pero era unha peste moi mala e moi contaxiosa.

»Almanzor mandou preparar a partida pró día seguinte. Dispuxeron de facer unhas angarellas pra atar ós cabalos e carrexar os enfermos, e nesto e en meter nas alforxas canto prearan e en laiarse da sorte fóiselles o día. Chegaran noticias polas espías de que o rei don Vermudo o segundo viña de camiño contra eles, pero esto non era o que máis os apuraba, que Vermudo padecía da gota e viría a pequenas xornadas, por non marteirarse. Almanzor mandou poñer garda reforzada onde durmían os máis dos cabalos, que era na catedral, como che dixen xa, pero de pouco lle valeu. A noite era moi quente, e ás sentinelas secábaselles a boca. Por unha escaleira baixábase a un alxibe onde se recollía a auga da choiva, e aquel mesmo día Frederico fora botar nela unha boa ración de pos de adormentar, medio ferrado ou así. Os gardas subiron bocexando xa, e caeron redondos sen dar voz de alarma. Os cabalos debían estar cansos de andar facendo de bestas, pois obedeceron moi ben, sen esvencellar nin rinchar, e moito antes do abrente do día xa estaban ben lonxe de Compostela. Hai quen di que os cabalos da Serra de Barbanza, que son moi apreciados, descenden en parte daqueles.

»Cando Almanzor espertou, foi tan grande a súa cólera que o mesmo Alá se debeu estremecer no curuto do Paraíso. Mandou poñer lume á cidade e marchar como se puidese, e así o fixeron, os máis deles a pé, que era cousa moi desagradable pra un cabaleiro de nación arábiga. Frederico xa volvera de antepoñer os cabalos, viu arder a cidade e que non podía facer nada, e entón acompañounos a escuso pra facerlles todo o mal que puidese. Ó mellor desmontaba un xinete do seu alfaraz corredor á beira dun río, pra beber unha sede de auga, e ía Frederico, ben escondido entra as bouzas, e escorrentáballe o cabalo, e non había maneira de pillalo. Ou coma tal, poñíase enriba dun penedo e facíalle a figa a Almanzor, que marchaba diante, e Almanzor cabreábase e mandábao pillar pra darlle un trato axeitado, e saía unha escuadra de xinetes ó galope e Frederico levábaos por unha fraga, e algún sempre daba coa cabeza contra a póla dalgún carballo que non debía estar alí, e nestes casos o cabalo sempre fuxía.

»As moitas falcatruadas que lles fixo terminaron volvendo os árabes máis prudentes, pero a enfermidade encarnizábase neles sen dó. Aínda lles faltaba bastante pra chegar ó que despois se chamou Portugal e xa tiñan que ir deixando carga polo camiño, por falta de lombos pra levala. Enterraron tesouros en lugares que Almanzor anotaba nun mapa, por se acaso un día podía volver por eles. Do mapa sacáronse despois varias copias, unha das cales serviu moito máis tarde pra facer un libro chamado Ciprianillo, que foi moi famoso, aínda que o autor lle botou moita imaxinación ó que non entendía na carta xeográfica aquela.

»Frederico deixounos seguir en paz, moi desmermados pola peste e rebentados de tanto andar, despois de correlos ata a beira do río Douro. Volveu pra Compostela a pequenas xornadas, e foi moi ben recibido polo bispo don Pedro, que regresara co pobo ó saber que a cidade quedara libre de musulmáns. Por sorte, arrefriara algo o tempo e chovera bastante, e puideron cubrir de novo os cadáveres antes de que a peste pegase con eles. Pero o bispo estaba moi triste pola profanación da catedral, que quedara toda chea de cagallóns de cabalo, e á parte deso medio desfeita. O pobo púxose a reconstruír a cidade, e deixaron a catedral pra máis tarde, eso que don Pedro tiña présa, que se sentía morrer e quería deixar o bispado en debida forma. Frederico confortábao, véndoo velliño, e el deixábase querer.

»—Ai, Frederico, Frederico –dicía o prelado–. Moitas che son as desgrazas que sufrimos neste val de lágrimas onde estamos desterrados os fillos de Eva. E menos mal que te tiñamos a ti, que senón eses sarracenos quedaban pra sempre na casa do señor Sant Iago, e a ver quen os botaba de aquí. Ai, non por certo o rei Vermudo, que viña e viña e nunca daba chegado, coma quen desde lonxe berra «fuxe que che dou», pero non ousa achegarse. Ai, Frederico, meu amiguiño pequeno: a nosa Terra runfará mentres haxa nela un coma ti por cada mil homes.

Sentáranse nun banco dos xardíns do Berbés, e miraban pasar os noctámbulos. Eran un pouco máis das dúas polo reloxo de peto de Estanislao.

—Pois eu lin nun libro que temos en Trasmundi –dixo Fortunato– que as cousas pasaron doutra maneira. Nel dicía que o Almanzor, así e todo, dera levado as campás da catedral pra Córdoba, e non falaba pra nada de Frederico Milhomes. Da peste si, pero non fora tanto. E o rei Vermudo quedaba mellor.

—Se cadra ese da historia túa era outro Almanzor, e o Vermudo outro Vermudo distinto.

—Estráñame ben –respondeu Fortunato–. Serían os mesmos, só que don Fernando o terceiro mandaría escribir a historia ó seu xeito, pra darse máis mérito cando conquistou Córdoba. ¿E que expliques lle daría Almanzor ó seu califa Hixem o segundo? Seguro que a verdade toda non lla contou.

—¡Arrecoño, que pra ser novo sabes ben de historia antiga!

Quedaron calados un anaco. Do lado de Bouzas sentíase vir unha moto ruando. Apareceu tordeleando dun lado a outro da rúa, e meteuse no xardín. Viña amodo, pero moi forzada na primeira. Terminaron caendo, para un lado o xinete e para outro a montura, a dez ou doce pasos dos dous compañeiros. O motorista sentouse no chan e quedou abalando a cachola.

—É que estes motoricos son moi pequenos –comentou Estanislao–. Cun home aínda poden, pero ese que o montaba debe ir algo cargado de máis, e halle ser moito peso.

—¿E non se mancaría?

—Paréceme que non, pero ímolo ver.

O motorista seguía sentado. A moto seguía acesa, pero xa ó ralentín, e a roda de tras daba voltas no ar.

—¿E dóelle algo, señor? ¿Axudámolo a erguer?

—Non fai falla, non, moitas grazas. Xa me erguerei eu cando queira, que de momento estou ben así. ¿Ou ó mellor pensan...? Arre carallo, ó mellor pensan que estou borracho, ¿ou?

—¡Non señor, que hamos pensar! Ben se ve que está sereno e fresco coma unha leituga. Caer cae calquera, eso pasa nas mellores familias.

—Claro, pra canto máis na miña, que é tan boa que non a teño. Vaia, vaia. Case me vou levantar agora. A ver, déanme unha man, que parece que non podo ben. Se cadra manqueime algo. ¿E vostedes quen son? Eu chámome Silvestre, Silvestre Fernández Fernández, e son enterrador, pra servilos.

—Home, moitas grazas, pero polo de agora non precisamos. Este élle Fortunato, e a min chámanme Estanislao, Estanislao Miramontes, mestre retirado.

—Vaia, vaia, son dous chamadoiros ben axeitados pra uns homes tan pequeniños, con perdón da súa cara. Pero e logo o seu amigo, ¿non ten apelido, ou que?

—Home, ter ten, coma todo mundo. Apelídase, esto, Cuspedriños. Pero non lle gusta moito dicilo.

—¿E logo que ten de malo apelidarse así? Saiban que eu son dun sitio que lle chaman Cuspedriños, que está no concello de Cotobade e é a mellor terra do mundo. Cuspedriños, Cuspedriños... Todo é dicir de un «será de Cuspedriños» coma se fose do monte máis túzaro... Xa me están cansando coas súas indirectas, ¿sabían?

—Haxa paz, haxa paz, que o dito non foi por mal.

—¿E logo por que non lle gusta dicir que se apelida Cuspedriños? Eu, se me apelidase Cuspedriños, había de facer tarxetas só polo gusto de poñelo con letras ben grandes. ¿E logo el é máis ca min, ou?

—Non, se el non o usa por outra razón, porque lle parece que o nome de Fortunato cadra mal con ese apelido. Se se chamase Silvestre, coma vostede, outra cousa sería.

—Vale, vale, chégame a explicación, non se fale máis. ¿E el haberá por aquí algunha taberna aberta? Téñolles algo de sede.

—Polo menos estará o bar das Almas Perdidas, que abre toda a noite. Pero apague a moto, que vai gastar toda a gasolina. ¿E non ten unha cadea? Ó mellor róubanlla mentres.

—Eu vou nela. Agárdolles alí.

—Non, será mellor que a deixe aquí. Total, é ben cerca.

—A min paréceme que lles parece que estou borracho.

—Non, que va. É que queremos mellor ir andando con vostede, por falar de camiño.

—Ah, sendo así.

O Silvestre encadeou a moto a unha árbore, e Fortunato pechoulle o cadeado, que se resistía a obedecerlle ó dono. Empezaron a andar amodiño, Silvestre entre os dous, que lle pasaron os brazos ó redor da cintura co adaxo de súpeta amizade.

—E logo vostede é enterrador.

—Son si señores, funcionario por oposición, no Cemiterio de Pereiró. Hoxe mesmo estiven de servizo, e enterrei tres defuntos moi ben enterrados, que ningún se queixou. Ei, miren, por aquí non se vai ás Almas Perdidas.

—Xa, é por dar un paseo á beira do mar. É que o Fortunato nunca viñera a Vigo, sabe. Pra que o vexa de noite.

—Ah, se é por eso. Ora, que eu tiña sede.

—Pois alí mesmo lle hai unha fonte, mire que sorte.

—¿Unha fonteee? ¿Unha fonte de auga? ¡Eu prá sede bébolle viño, señor!

—Home, probe sequera por unha vez. A auga élle moi boa prá sede.

—Se vostede mo xura... Eu deso non sei, que auga non bebo. Vale, por probar. Ora que, ¿e se despois me envicio nela?

—Nada, home, nada. A auga non lle crea hábito, eso garántollo eu. E de camiño, bote unha pouca pola cara, que non lle fará mal ningún.

—Eso si que o sei, que lavar lávome. ¿Ou pensan que os de Cuspedriños non sabemos nada de hixiene?

—Non home non, que imos pensar. Vostede beba e molle a cara, que nosoutros non pensamos nadiña.

Silvestre achegouse á billa con desconfianza e colleu na boca un grolo pequeno. Estivo aínda un pouco movéndoo contra o padal, e por fin tragou. Debruzouse na pía e bebeu longamente, e despois esbatuxiu coas mans humedecendo a cara e o pelo.

—Pois non sabe mal de todo. Ora que está bastante fría. E algo mollada tamén. Agora vamos beber un pouco de viño, pra quitar o saibo. Pago eu, que aínda me quedan cartos.

E botou a man ó peto de dentro da chaqueta. Sacouna sen nada, bateu coas palmas nos petos dos calzóns, cacheou a chaqueta outra vez.

—Foder, pois debeume caer a carteira cando me tirou a moto. Vouna buscar.

—Home, non –dixo Estanislao–, non fai falla, nós tamén levamos cartos abondo. Déixenos convidar a nós.

No bar había bastante parroquia, a pesar da hora. Fortunato e Estanislao pediron café negro.

—Pois eu, viño do Ribeiro, tinto se pode ser.

—Non, non, vostede toma café tamén. Convidámolo a café, que a estas horas senta moito ben. Despois da auga que bebeu ten que quentar algo o corpo.

—Tamén é verdade, que senón podo criar ras na barriga. Pero despois vou catar a carteira e convídoos eu a unhas botellas de viño. Con esa condición, ¿eh?

—E logo a vostede –preguntou Fortunato–, ¿deulle algunha vez queixas algún defunto? Polo xeito de enterralo, porque antes dixo que os de hoxe non se lle queixaran.

—Home, aquí en Pereiró non, que é un cemiterio moi ben ordenado e con moitos adiantos. Pero antes de vir pra Vigo, eu fun enterrador en Cotobade, e alá dábanse casos. Eu era moi novo daquela.

—Conte, conte.

—Ouh, pois alá había uns que lles chamaban os Rizos, catro irmáns, moi animais eles, que foran quedando solteiros. O máis pequeno tiña tanta forza que rousaba un carro con oitenta gavelas de toxo no curral, e eso cunha man soa. E comían en restante, cando había. Oito porcos morrían na súa casa os anos bos polo Samartiño, e non lles sobraba unha freba. Ben, pois morreu o máis vello unha noite, que o encontraron pola mañá teso na cama. Eu alí preparaba tamén os mortos, que o xornal de enterrador era pouco, e había que gañar a vidiña como se podía. Total, que alá vou, e quedara amosando os dentes por entre as barbas, que as deixara longas por non se afeitar, e co brazo esquerdo estendido, que non había maneira de darllo xuntado co corpo. O rigor mortis, xa saben. Había que quitalo da cama, e pedinlles axuda ós irmáns, porque pesaba moito pra min só, e segundo lle damos a volta, vai a man daquel bracísimo, que a tiña aberta, e arreoume unha hostia que me deixou aformigando a cara. O irmán máis novo vai e pon as mans na cintura e quédaselle mirando fite a fite, e vai e dille: «Ben te podo rir, barbas de chibo: malo na vida e malo na morte». Oíu, ¿e saben que este café sabe moito ben?

—Camareiro, traia outros cafés, se fai o favor. Non, augardente non, moitas grazas. Pero mire, Silvestre, o conto está moi guapo, mais esa labazada sería unha casualidade, non que o morto se queixara.

—Agarden, que aínda está o capador enriba da cocha. Baixámolo da cama e pousámolo no piso, deitado sobre o costado. Vestino co mellor traxe que tiña e ateille o queixelo cun pano pra que non levase aquel sorriso de lobo pró outro mundo. Logo paseille unha corda por debaixo do corpo, e os tres irmáns agramáronlle o brazo teso canto puideron. Custar custoulles traballo, pero dérono vencido, e entonces ateillo ó corpo, e aínda lle dei outra volta de corda máis pra asegurarllo ben.

»Daquela, naquela parroquia, que non era a de Cuspedriños, enténdanme ben, aínda non era costume enterrar os mortos en caixas, agás os máis ricos. Levárono no cadaleito cumunal ó cemiterio, onde eu tiña xa cavada unha foxa. Daquela aínda non se estilaban tampouco eses nícharos de agora, que non é enterrar nin é nada. Anque vantaxes tamén as teñen, eso é certo. A foxa non era moi fonda, non quero negalo, porque a terra estaba moi dura. Baixámolo envolto nun sabo, e sería casualidade, pero quedar quedou deitado sobre o costado dereito. Total, que lle botei a terra, apisoeina ben e chantei enriba unha cruz de madeira co seu nome pintado. Cecilio Fontenla Rubián. Requiescat in pace. Comemos o pan e o queixo no pórtico da igrexa, e cada can marchou pró seu palleiro, menos os cregos, que quedaron na reitoral ata cerca da noite, como era de costume, comendo de garfo e culler.

»O día seguinte pola tarde, os Rizos mandáronme recado por un xateiro que fose á súa casa, e que andase de présa, que senón víñanme buscar eles á miña. Polo si ou polo non, eu collín escapado pra alá, e estaba na casa o máis novo, que sen dicir unha palabra colleu unha pa, agarroume polo brazo e levoume ó cemiterio. O cabrón do Cecilio tiña unha man fóra da terra. ¡E era a esquerda, carallo! O Rizo máis novo, Manuel de seu nome, púxome a pa na man e díxome con cara moi seria que acabase o traballo, e senón que o fixera ben de principio, que os mortos entérranse co peito pra riba se non se quere que despois haxa protestas.

—¿E despois quedou ben?

—E quedaría, que queixar máis non se queixou. Rebentara a corda, o grandísimo besto, e eso que era ben gorda. Tiven que facerlle á foxa unha fura pra un lado, coma o tobo dun teixugo, pra meterlle nel o brazo estendido. ¡E tíñao ben longo!

Aínda tomaron outros cafés, e pediron uns poucos churros para botar algo no estómago. Empezaba a querer amencer, e xa se vía algún movemento no porto. Había coma un zoar baixiño de cousas innumerables, punteado ó mellor por un que camiñaba con zapatos ferrados, ou por un coche que pasaba largado cara a Bouzas, ou polo motor dun barco pequeno que viña de arribada. Fortunato inchou o peito co aire do mar.

—Xa empezas a entender por que nos gusta vivir en Vigo, ¿non é, Fortunato?

Un de Nogueira de Ramuín que coñecera o víspora pasou por cabo deles facéndolles un sinal disimulado.

—Enténdoo de todo, pero aínda así eu quero volver pra Trasmundi.

O enterrador camiñaba diante deles, co dollo de saber da moto ou de encontrar a carteira. Púxose a dar voltas abesullando para o chan.

—Non aparece. Ó mellor foi noutro sitio. E é ben lástima, que aínda me quedaban cerca de mil pesos. E a carteira era nova.

—¿E será esta? –preguntou Fortunato.

—¡Arrenégote demo! ¿E logo onde a atopou?

—Onde estaba, no peto de dentro da súa chaqueta. É que vostede estaba tan empeñado en beber viño que lla quitei, por apartalo da tentación.

—¡Arre carallo co amigo, que saíu carteirista! ¿E logo vostede aprendeu na escola do Leres, ou que? Ben, miren, eu seguía, pero agora xa me pasou algo a sede, e vostedes hanse querer ir deitar. Se cadra outra noite... O mércores volvo estar de servizo, e o resto da semana. Se van por Pereiró algunha tarde... Por alá hailles un viñiño que dá gusto bebelo, e non emborracha nin nada, que é moi natural.

—Deixar a ver. Se un día nos cadra...

Os trasnoitadores camiñaron en silencio cara á casa onde vivía Estanislao, que tiña chave e non facía falla molestar o taberneiro pra entrar. O cuarto tiña dúas camas, unha gardada debaixo da outra, que era sofá tamén. Correron as cortinas pra que non entrase tanta claridade e metéronse debaixo das mantas.

—Oes, Estanislao. Acórdaseme a historia do Frederico Milhomes. ¿E ti como sabes tantos detalles da outra parte? Digo, do que dicía Almanzor, e do que pensaba, e todo eso.

—Vaia, adornar adornei un pouco o relato, que sempre lle acae ben algún aderezo a unha historia, por verdadeira que sexa.

Fortunato aínda quedou pensando un anaco, pero terminou adormecendo tamén, pois Estanislao roncaba moi harmonioso.

13

*Onde se conta un caso de Asclepiodoto
e se celebra o primeiro de maio*

Era xa moi tarde cando se ergueron, e quedaron a xantar co taberneiro. Entre unhas cousas e outras pasóuselles un bo pedazo con el, que era moi ameno de conversación, e ata media tarde non chegaron á casa dos de Castrelo de Miño. Fortunato ía moi gabacho co seu mostacho postizo, que lle parecía un disfrace moi cómodo, e asemade bonito. Os de Castrelo cosían camisas, e Crisóstomo estaba entusiasmado co oficio.

—Non sei como lles puiden ter tanta rabia ós xastres. Mirade, e ademais parece que teño condicións pró traballo, que xa fixen unha camisa eu soíño. Bo, o corte non me saíu aló moi fino que se diga, pois cortei ó rente do patrón e non me dei conta de deixar larganza prás costuras. En canto volva prá casa póñome a practicar, e ó mellor abro negocio e todo.

—¿E pra quen vas coser?

—Prá nosa xente de por alí ó redor. E se quero, disfrázome e fago que veño de lonxe, e póñome de xastre de xente grande tamén. Nun xastre paréceme que non cadra mal ser pequeniño.

—E nos outros oficios tampouco, o caso é facelos ben. Recolleron o traballo, que xa era hora. Da tea das camisas brancas cortaron dous rectángulos sobre os que coseron bandas azuis de inxergo, e estrelas no medio.

—Camisas vermellas non se levan moito, pero mercamos uns metros de escarlata, prás estrelas e prás outras bandeiras.

—É que ás manifestacións háivolas que levar –dixo Estanislao–. Non é obrigado, pero é costume. Eu non é que entenda moito de símbolos, pero tampouco non hai por que ir en contra das tradicións.

A tarde pasou, e parte da noite, en comer e beber e preguntar sobre as usanzas e as cousas de Trasmundi a Fortunato, que respondía a todo sen facerse de rogar, pois atopaba que en restante das terras de Fóra as sete parroquias quedaban bastante guapas.

—Verdadeiramente –observou Estanislao–, estou abraiado de que de tal pai coma o teu saíra tal fillo coma ti, tan razoable e xagaz. Porque Asclepiodoto érache terrible cando o coñecín.

—Pois el sempre che me di que o tolo son eu, que el do meu tempo era tal e cal, e que facía e acontecía.

—Oi, ese éche vicio de tódolos pais. Eu fillos non tiven, que nunca me reinou facelos, pero seino por outros.

—¿E logo, fixo moitas falcatrúas meu pai, cando viaxaba contigo?

—Boh, tampouco non é que fose nada do outro mundo, non creas, o teu de Lugo estivo moi ben. O que pasa é que teu pai era moito máis inquedo ca ti, sempre estaba fervellando. Algunha vez vinme negro pra quitalo do apuro.

—Conta, conta, que xa me rirei del cando volva.

—Unha vez en Ourense... Mira, deso hai uns cen anos, e aquí Fóra cen anos cambian moitas cousas. Daquela había máis cregos ca agora, e monxas tamén, e a teu pai gustáballe moito meterse con eles, por unha manía que tiña. En Ourense había unha chea deles, ó redor da catedral de alí, que ten bastante parecido coa de Compostela, senón que é máis pequena. Nós chegamos a Ourense de noite, e atopamos pousada nunha casa baleira que era do Cabido. Ó outro día pola mañá observamos desde ela os costumes do lugar, que podiamos mirar moi ben sen sermos vistos por unha fiestra encortinada, e fixámonos moito nun cóengo maxestoso e repoludo que paseaba arriba e abaixo coma galo en galiñeiro, saudando moi cumprimenteiro nas señoras, que lle correspondían con moita coquetería. Debíalles parecer tan guapo como el a si mesmo se parecía.

«Saímos da casa, e como iamos os dous en figura de mendigos medio ananos, por causa das barbas, non nos foi difícil averiguar quen era o cóengo e onde paraba e de que pé coxeaba. Total, que a Asclepiodoto metéuselle na chencha facerlle unha boa xogada, e púxose a escribirlle unha carta na que lle dicía que unha dona foristeira de calidade estaba tan perdidiña por el, desque o vira pasear tan pomposo, que non temía o pecado que só unha vez había de cometer, e do que estaba xa presta pra arrepentirse despois. E dáballe cita pra certa hora da noite ó pé da fonte das Burgas, nun recanto escuro, que o quería levar á casa onde paraba, pero que, como non quería botar a perder a súa reputación, que fose vestido de muller. O mesmo Asclepiodoto levoulle a carta, finxindo que lla encomendaran na rúa, e agardou resposta, que foi afirmativa.

»Aló se foi teu pai chegada a hora, cuberto cun antefaz no seu papel de señora discreta, e vestido con saias. Facía moi boa figura, que daquela era moi delgadiño, e a estatura non lle descadraba de donicela fidalga. Eu funo velando un pouco apartado, porque tiña o pálpito de que o negocio había saír mal. Chegou moi puntual o cóengo, e era gracioso de ver, porque grande e groso como era quedáballe a saia algo curta, que lla debera coller á criada, e toda a roupa algo esquiva, e fixera unhas tetas moi feitas que despois se viu que eran unhas cuncas desas grandes de porcelana que había antes.

»Asclepiodoto adelgazou a voz canto puido e díxolle ó cóengo que aínda tiña outra condición que poñerlle, e era que se deixase vendar os ollos, que ela o conduciría pola man á súa pousa, pois había que gardar absoluta discreción e desconfiaba de que el se gabase da súa conquista se a chegaba a coñecer, que era muller de moi alta condición, e cos homes xa se sabe. O cóengo suplicou que lle deixase ver a fermosura do rostro sequera, que nada diría, pero foille respondido que non, que naquel negocio tería que conformarse co uso do tacto.

»Levouno así vendado polas rúas, dando unhas voltas pra desorientalo, e velaí que o mete no pazo do bispo, que daquela tiñan por costume deixar unha portela aberta toda a noite, cun creguiño de garda tan só. O porteiro toqueaba co sono, e ademais Asclepiodoto esforzouse canto puido no disimulo dos dous cando pasaron por diante del. Subiron algúns chanzos, e o cóengo empezou a rosmar que se lle facían coñecidos, pero conformouse pensando no que lle esperaba. Vaia, esto contoumo teu pai despois, que eu quedei fóra por se acaso, e fixen ben. O caso é que o levou ó cuarto de durmir do bispo, que polos informes deitábase tarde, e fíxoo sentar na cama sen quitarlle a venda dos ollos. O bispo era daquela Cesáreo Rodríguez, o mesmo que escomungou a Curros Enríquez, e tiña moi mal xenio. E entón vai Asclepiodoto e colle unha campaíña de prata que servía pra chamar os domésticos, e ponse a tocala formando un grande escándalo. O bo do cóengo arrincou a venda todo asustado, coñeceu a cámara, e co terror e coa ira agarrou tan forte a Asclepiodoto polas barbas que este non puido fuxir como quería, e chegou o bispo á carreira con algúns dos seus familiares, e armouse a de Cristo. Pra acabar de amolala, resulta que Asclepiodoto baixou a garda mental co susto e co esforzo por escapar, e víronlle as orellas ó quitarlle o pano que levaba á cabeza, e o bispo púxose a berrar coma un condenado que aquelo era un demo menor, un auxiliar do Inimigo Malo, e que por fin ía ter ocasión de axustar unhas contas, e que mañá xa verían os dous. Total, que pecharon nunha habitación o pobre do cóengo, e noutra o pobre do Asclepiodoto, as dúas ben ferradas de reixas, e a de teu pai asegurada moi especialmente, polos poderes que lle supoñían prá fuga. Por sorte estaba no baixo do pazo e daba á rúa, así que o puiden ver e falar con el desde fóra. Pero as reixas eran moi fortes e non había maneira de poder con elas, e a porta era de ferro tamén, pechada con dúas voltas polo porteiro, con gonzos e pechos grandísimos e sen acceso desde o interior da cela. A verdade é que nunca vin un dos nosos máis asustado. E a cousa urxía, porque co bispo Cesáreo non se xogaba, e ó día seguinte podía ser tarde de máis e non haberte a ti hoxe.

—¿E como fixeches?

—Unha vez encontrada, a solución foi ben fácil. Cerca de alí estaba o obradoiro do polvorista que preparaba os fogos de artificio prás festas patronais, que xa faltaba pouco pra elas. Roubei cantos foguetes puiden, dos máis grandes que había, e quiteilles a cana. Metinme na catedral, que xa non había ninguén nela, e se o había non o vin nin me viu, e subín ó tellado. Atei os foguetes ós canzorros e a outros saíntes como puiden, estendín unha mecha rápida entre todos eles e largueina deica o campanario. Cando me pareceu conveniente, planteille lume á mecha, toquei un rebato nas campás e escapei escaleiras abaixo a todo correr. Coas badaladas abríronse xa moitas fiestras, pero cando os foguetes comezaron a estoupar, aquelo foi a tolaría máis tola do mundo. Do palacio do bispo empezaron a saír cregos en camisón, e tras deles Súa Ilustrísima abrochando a sotana e co báculo debaixo do brazo. Máis de mil persoas se xuntaron na praza en menos de cinco minutos. Xa se acabaron os foguetes, e o apestume a xofre da pólvora preñaba o aire. Todos dicían que era cousa do demo, e ninguén quería entrar na catedral, ata que o bispo, dicindo «nin Satanás en persoa lle vai meter medo a Cesáreo Rodríguez», meteuse pra dentro, e os cregos non tiveron máis remedio ca seguir ó seu xefe, por non quedar en moita vergonza. Entón, eu metinme no pazo, que non agardaba outra cousa, e amoseille as orellas ó coitado do porteiro, que se me desmaiou. Quiteille as chaves que levaba á cintura, abrinlle a porta da cela a Asclepiodoto, e fómonos de alí cun foguete no cu.

—¿E o pobre do cóengo?

—Aínda librou ben, polo que souben despois. Cesáreo quedou convencido de que a aventura fora máis ca nada por culpa do demo, e amolentou algo o seu adoito rigor. Contentouse con desterralo a unha parroquia do monte. E en canto lle pasou o medo, volveu ser tan galo como soía, aínda que o público era menos, e máis ocupado. Unha vez funo ver, sen dármelle a coñecer, claro, e díxome que nin pra ser bispo deixaría o seu galiñeiro novo. Bo, chamar non lle chamou así, pero ben se vía que o pensaba.

O Primeiro de Maio abriu unha mañá radiante, e Vigo parecía máis Vigo, como se a data lle acaese máis que a ningunha cidade. Os de Castrelo de Miño marcharon coas súas bandeiras mangadas en varas, e parecían catro rapazolos adolescentes que xogasen a ser operarios coma seus pais. Despois deles saíron Crisóstomo e Fortunato –este xa sen bigote, sentíndoo moito, para semellar tamén un mociño–, e mais Estanislao, moi posto no seu papel de barbudo mestre cos seus discípulos, ou de avó cos seus netos. Máis parecía o primeiro có segundo, dixo ríndose, que tiña pintas de frade exclaustrado. Subiron devagar ata o Calvario e agardaron por alí. A xente chegaba, e o azul cerúleo e mais o vermello adornaban as rúas, e algúns grupos traían pancartas envoltas en paus. A garda municipal cortou o tránsito rodado un pouco máis arriba. Era moita familia a que había xa.

Formouse a cabeza da manifestación cunha grande pancarta da que termaban varios homes e mulleres.

—Aquel pequenote e moreno chámase Mera, e o que está cabo del, o louro e alto, évos o Acuña. Esoutro máis vello é o Malvido. O Mera e o Acuña son os secretarios xerais dos nosos sindicatos. Vaia, dos que nos gustan a nós.

—¿E logo, non estades afiliados?

—Case ningún, polas pintas de menores de idade. Xa sabes, o segredo. Eu si, que figuro como xubilado, e aínda vou ben veces pola sede central.

—Oes, e se van xuntos, ¿por que hai dous sindicatos?

—Eso son cousas. Houbo unha historia. Pero dentro de pouco uniranse outra vez, paréceme.

Dispoñíanse os grupos sen moita présa e sen moita orde. Os da cabeza miraban a cada pouco cara atrás, como para decidir a saída. Os ollos de Acuña fixáronse neles.

—Oes, Estanislao, ¿e que fas aí de miranda?

—É que lles estou ensinando aquí ós meus netos. Cando arrinquedes, metémonos.

—Pois imos xa.

A multidude púxose en marcha, e ergueuse un clamor unánime. Víanse miles de frontes orgullosas e puños decididos arborando bandeiras. Obreiros da construción curtidos polo ventimperio, con rostros roxizos e mans anchas e potentes armadas de letreiros onde se demandaba seguranza no seu labor. Tipas ousadas, operarias da conserva, mulleres bragadas afeitas a toda explotación, pero rebeldes e terques. Metalúrxicos, mestres, dependentes de comercio, mariñeiros, estibadores, xentes algunhas con marcas do oficio nos seus aspectos, outras sen elas, todos marchando feramente detrás dos seus estandartes, todos clamando a razón e o orgullo de si mesmos, desfilaban perante eles, e Fortunato emocionábase ó seu paso. E polo medio dos grandes, escondidos polo escaso número, os seus pequenos irmáns portaban bandeiras.

—¿Entramos agora?

Berraban os tres a compás a consigna variable. Houbo un momento de silencio que percorreu a multitude coma un estremecemento. Un home con pinta de camioneiro saudou a Estanislao desde lonxe.

—Ese évos o Ferrín, o máis grande dos escritores galegos.

—¿E ti coñécelo?

—E trátoo bastante no sindicato, e nas tabernas tamén. Ademais, ten moi boa vista, e dáse conta de que son distinto. Pero fai coma que non se enteira de nada, pois chúfase moito de racionalista.

Foron quedando atrás. A cabeza da marcha xa chegaba á rúa do Príncipe, e os curiosos que miraban desde os paseos volvían ós seus asuntos. A Crisóstomo antollóuselle un café, que aínda non tomara ningún aquela mañá, e para cando chegaron á Porta do Sol o mitin xa estaba acabando.

—Aquí –dixo Estanislao–, un fillo do demo que se chamaba Capitán Carreró metrallou no trinta e seis o pobo de Vigo. E aquí no setenta e dous houbo unha manifestación tremenda, con paus da policía pra todo maría santísima. Eu estiven nela. Alí arriba, desde a rúa do Pracer, as putas chamábanlles ós policías as mil e catrocentas. Foi un gran día, madia leva. Déronme un cachiporrazo nas costas que aínda me doe cando o lembro.

—Cala, atende ó que fala.

Pero xa remataba. O himno galego encheu o aire, bastante mal cantado, e eso que a xente mediana o ensaiara moito e viña coligada para acordar un pouco os cantores. Pero era moita familia para dala guiado. Logo estoupou a marcial solemnidade da Internacional, e algunhas gorxas crebábanse.

Un «Viva Galicia ceibe e socialista» foi respondido por milleiros de voces, xa roucas de tanto berrar e cantar. A manifestación desfíxose. Por Carral, Príncipe, Policarpo Sanz, a xente íase para as súas casas, e os tres compañeiros marcharon tamén cara á dos de Castrelo, comer a empanada que deixaran feita.

Fortunato andaba moi silandeiro, e silandeiro xantou mentres os máis comentaban alegremente a xornada. Os de Vigo quedaban aínda esbardallando con moita aplicación cando os foristeiros saíron. Crisóstomo quería ir ó cine, e Fortunato quería falar con Crisóstomo. Volveron para a hora da cea, e Estanislao quedárase.

—Ben —dixo Fortunato unha vez ceados—, nós marchamos mañá pola mañá. A ver se me convencerades algúns pra que vaian xogar no meu equipo. Eu agárdoos na lúa chea de xullo, na entrada a Trasmundi. Aquí o Crisóstomo non sei se estará, pero agora vén comigo.

—¿E por que non agardas aquí, e convéncelos ti mesmo?

—Boh, total han de facer o que queiran.

—Pero ho, queda, que máis che terá —porfiou Estanislao—. Mira, aínda mellor, esquécete desa paniogada do fútbol, e facemos circular un recado a Trasmundi pra que non te esperen, e quedas connosco sequera un aniño. ¿Ou é que non te divertiches ben a outra noite? ¿E a xente de hoxe, a dos sindicatos, non che gustou logo?

—Gustou, gustou. E moito. Pero o que eles andan buscando, nós en Trasmundi xa o temos. E eu sonvos de aló.

—Pois ata o quince do mes que vén, ou tan sequera o de maio. Porque présa non tedes.

—Présa non, pero eu quería ver algo máis do país, e aquí o Crisóstomo farame de guía. Desta volta iremos pola parte de abaixo, pola vosa terra.

—Sóbravos tempo.

—Iremos amodo. Pararemos onde nos dean pousada, e falaremos coa xente. Por aprender cousas do mundo.

—Vaia, pois non vos dou convencido. Ben, xa a min me parecía que erades moi terques. Por eso vos mercara un regalo, xa que vos gusta tanto o café. Vouno catar, que o teño gardado arriba.

—Era unha cafeteira pequena, das de tres cuncas, e un muíño de man co veo polo lado, moi xeitoso, e mais dous quilos de café torrefacto. Fortunato meteu todo no macuto, e quitou del un anaco cadrado de papel groso.

—Este é meu pai agora, pintado por un retratista de aló. Seguro que lle vai gustar que cho dea, cando lle diga que te encontrei.

—¡O bo do Asclepiodoto! ¡Moito che estimo o galano! ¡Recoiro, e como engordou o cabrito, qué boa vida debe pasar! ¡E é rei e todo, o que son as cousas! Si señor, e parece o mellor rei do mundo, por certo, o mesmiño rei de copas en persoa. ¡Ai meu amigo, que ben o pasamos xuntos na nosa mocidade!

14

Que ten o mérito de ser o máis curto desta peripatética historia

Fortunato e Crisóstomo baixaron a pé deica A Guarda, a xornadas moi curtas, seguindo case sempre a beira do mar. Fortunato volvera poñer o bigote ben recachado para arriba, e agora parecía o máis vello dos dous, un home feito ós ollos dos homes. Tamén o favorecía a súa cumprida estatura. A xente grande xulgaríaa seguramente algo escasa, pero non propia dun anano, chamadoiro que tampouco non lle darían polas súas proporcións, se non se lle fixaban moito na cabeza, un pouco grande de máis segundo a lei da sétima parte. O cabelo medráralle mesto e moi rizo, tanto que case lle ocultaba as orellas no seu mazaroco, e unha vez, debruzándose para beber en augas remansadas, asustouse do seu propio aspecto, tan humano lle parecía.

—En canto chegue a Trasmundi, rápome ben. Con estas guedellas, as ideas non se me airean, e as orellas non toman o sol. Vou terminar medio xordo.

—Dilecto compañeiro, en tódolos sitios hai unha legua de mal camiño, e non se guía ben o carro sen mancharse algo no barro. Soporta pacientemente a inconveniencia das longas melenas pola conveniencia do disimulo, que é mellor gastar a forza das nosas mentes en contemplar a paisaxe con descoido ca en coidarnos de non ser coñecidos. Segundo se foran afastando de Vigo, Crisóstomo Bocadouro volvera facer honor ó seu nome con redobrada elocuencia, mesmo cando estaban sós. Sería por compensar o silencio dos eidos. Chegaron a Camposancos por ver Portugal da outra banda do río, e logo torceron contra o seu curso, campo a través o máis do tempo, buscando pousada para as noites en lugares escondidos, ou no furado dalgún selvático, se o ventaban cerca. En Tui pararon varios días, e ninguén se fixou demasiado neles, que moito máis raros parecían outros turistas que paseaban as rúas, falando en dialectos incomprensibles. A Crisóstomo ocorréuselle facer unha divertida monecada á conta do bispo, envexoso da historia de Asclepiodoto e Estanislao, pero Fortunato disuadiuno, que non se achaba de humor.

En Salvaterra colleron a barca e pasaron o Miño para ir a Monção, onde Fortunato se fixo cun libro de versos de João Verde, moi pequeniño, titulado *Ares da Raya*. Gustoulles moito a vila, coas súas vellas rúas e as súas tabernas recónditas onde beberon bastantes vasos de viño conversando coa xente, que parecía máis cortés e mirada cá da outra banda. Ligaron cun albanel que competía co Crisóstomo en falar fino, e convidárono a cear canda eles. Fíxose tarde dándolle á martabela, que ía moi boa noite e era sábado e o albanel non tiña présa en deitarse, e aínda seguiron paseando polos xardíns públicos desque pecharon as últimas tabernas. O albanel convidounos a durmir na súa casa, que era de planta baixa e lucía pintada de verde ó reflexo dun branco luar. O xardinciño de diante tíñao algo menos coidado cós veciños.

—É que eu sou sozinho!

O Crisóstomo quería ir aínda máis para o sur, por estudar cortesía e elocuencia como alí se estilaban, pero Fortunato negouse de pran.

—Non che vou de ningunha maneira. Seica hai moita pobreza.

E atallaron por Castro Leboreiro ata a Limia, e de Allariz colleron Arnoia abaixo por non deixar sen ver o Ribeiro de Avia, e especialmente Castrelo de Miño. Un tipo xa vello, ó saber de onde viñan, preguntoulles pola Felisinda.

—É filla miña, e case nunca me vén ver. ¡Irse pra Vigo! A rapazada sempre anda inventando novidades.

Fortunato non sacou o balón para nada, nin apenas falaba do fútbol. En Ourense, percorreu os lugares da aventura de seu pai, pero non deu encontrado a casa onde parara, que coas indicacións que levaba non era doada de identificar, ou ó mellor xa nin a había. Desviáronse logo polo Sil e chegaron de vagar a Valdeorras, onde botaron uns días no tobo dun que escoitaba moi ben. Crisóstomo foi moi feliz, porque o Fortunato andaba calado e distraído, e o seu hospedador, que se chamaba Aristóteles, interesouse moito pola dialéctica escolástica. Crisóstomo deulle fermosas leccións, e o discípulo aproveitounas tan ben que ós dous ou tres días xa formulaba premisas maiores e menores con moita soltura e distinguía perfectamente entre potencia e acto, e entre materia e forma, e entre intelecto posible e intelecto axente.

—Non lle vexo a graza a estar todo o día con esas discusións –dicía Fortunato–. ¿Pra que vos vale todo eso?

—Pra moito, aínda que se aprenda pouco, e ti debías practicalas tamén, que é grande a consolación que a filosofía verte sobre os espíritos atribulados. ¿Queres que cho demostre cun siloxismo?

—Déixateme de paraxismas.

E deitábase en coiro ó sol, e pechaba os ollos e escoitaba medrar a herba.

—Eso tampouco non é mala idea. Sedendo et quiescendo, anima efficitur sapiens –sentenciaba Crisóstomo.

Pasaba maio pousón e florido. Cando a lúa entrou no crecente, Fortunato propuxo marchar cara á casa de Crisóstomo.

—¡Pero se a cita aínda é prá outra lúa!

—Anque sexa. É que teño gana de lerche dous libros que tes, que me parece que non os hai en Trasmundi.

—Préstochos despois e lévalos. Ou douchos.

—Queríaos ler agora.

—¡Andas ben caprichoso! Non sei qué pensarás. Vale logo, como queiras. Tamén xa leva moito tempo a casa soa.

Chegaron en oito xornadas. O tempo era seco, e atoparon tres incendios polo camiño, un nun piñeiral e dous en monte raso, pero non pasaron moi cerca. Atravesaron a aldea de noite, e o can dos ovos saíulles ó camiño con moito meneo de rabo. O Crisóstomo agarimouno por baixo do pescozo e deulle un anaco de queixo, que o can agradeceu levándoos a un niño ventureiro.

—Esa pita van acabar por comela os donos. Non lles debe poñer un ovo no endego nin pra un remedio.

O can acompañounos deica o río, e logo deu volta para o seu palleiro. A lúa chea alumaba moi clara, que non había unha nube no ceo. No monte queimado xa empezaba a agromar algo de herba.

—Moito non é, pero algo de amparo xa temos. Mira, deixamos aquí os macutos e volvemos á aldea. Quérolles anunciar a miña volta. Han de estar aburridos sen min.

—Pró ben que lles fas...

—Pois mal tampouco. A vida no campo éche moi aburrida, nunca pasa nada. Se non fose por nós e polas nosas bromas, non sei qué sería da xente grande. Mellor estaba esta parroquia sen crego ca non sen min.

Crisóstomo quedou caviloso un anaco, zugando nun dedo.

—Podía tocar as campás a concello, coma se houbese un perigo. Despois escondémonos e vémolos saír das casas en roupas menores. Éche un espectáculo moi divertido.

—¿E non che parece algo forte prá primeira noite?

—Tamén é verdade. Con cambiar algunhas cousas de sitio podía chegar.

—Pra dicirche o que penso –dixo Fortunato mentres cruzaban de novo a ponte–, non dou entendido ben esa cisma de facerlle trastadas ós grandes. Unha vez está ben, e dúas, pero andar todo o ano con ese traballo... ¿Non se vos fai un pouco monótono?

—E que lle queres, eles bótannos a culpa de canto lles pasa, e nós temos que estar á altura da nosa fama. Agarda aquí un pouco.

E entrou pola aldea coma unha sombra. Non pasara media hora cando volveu, fregando as mans moi satisfeito.

—Moi ben, moi ben, moi ben. ¿Que dirá mañá o señor Ramón da Bailona, cando saia da casa mirando prás nubes, coma sempre, por ver se traen auga, e meta o pé na buleira que lle puxen diante da porta? ¡Centella viva, que xuramentos! ¿E a María das Pitas, cando lle caia o caldeiro de auga co cachirulo? ¡É que a parra que ten diante da casa é unha tentación pra poñerllo!

—¡Es ben cativo!

—Pois o peor case che é o do crego, que é o que menos sabe levar unha broma. Cando vaia tocar a campá e non atope o badal, seguro que bota un pecado ben gordo. E logo terá que misar sen comungar, porque é moi escrupuloso.

A cova estaba como a deixaran, case dous meses antes. Crisóstomo prendeu unha vela e púxose a revisar as súas pertenzas, especialmente as comestibles. Encontrou todo ben.

—Vou facer os ovos en tortilla francesa. ¿Ou quérelos revoltos con champiñóns? Hai unha boa colleita fresca, aínda que moitos xa se pasaron.

—Con champiñóns, se che é igual.

—E mellor aínda. Ti vai preparando a cafeteira, que esto faise axiña.

Cearon sen moitas cerimonias, e cando acabaron xa estaba subindo o café.

—E non trouxemos azucre. Pero botámoslle mel e xa está. A ver se mañá mungo unha cabra. Seguro que o leite de cabra aínda é mellor có de vaca pró café.

—E será, que é máis gordo.

—Ben, ben, ben —dixo Crisóstomo despois dunha curta meditación—. Agora temos diante de nós polo menos tres alternativas, dúas boas e unha que non me gusta. Véxote un pouco melancólico, e temo que un día destes che dea por ir xa pra Trasmundi e agardar alí que chegue a lúa de xullo.

—Non, non, xa che dixen que non era por eso. Teño tempo a volver, e contigo estase ben. O que non quería era ver máis xente pedindo pra comer.

—Pois eso pásache moito por aquí Fóra. ¿E ti non o sabías xa de antes?

—Lera algo nun libro, aló en Trasmundi. Pero o que os ollos non ven, o corazón non o sabe.

—Pois háiseche que ir afacendo a esas cousas, meu caro amigo. O que tes que facer é consolarte con filosofía.

—¡Que filosofía nin que centella! O home non tiña traballo pra gañar. ¡E os neniños pasaban fame!

—Fortunato, ho, ¿e estás chorando? A ver, ho, sosega e enxuga eses ollos. ¿Onde se viu que un de nós chorase, non sendo de risa? Anda, ímonos deitar, que estás moi cansado.

O día seguinte xa Crisóstomo estaba fóra, sentado á raxeira contra un penedo, cando Fortunato se ergueu da cama. Colleu un cacho de queixo e foise sentar cabo do filósofo.

—¿E cales son as outras dúas alternativas?

—Pois se queres, collemos cara ó norte e chegamos ó mar. Dá tempo a ir e volver, e vemos mundo. Ou se queres, tamén podemos quedar aquí, e les eses libros que dicías, e viaxamos un pouco polos arredores. Hai xente moi interesante, tanto da nosa coma da grande. Con algúns dos grandes nin sequera me oculto, que saben gardar un segredo, e podemos falar con eles en confianza.

—Pero xa sabes que de Trasmundi non se di nada, nin sequera que o hai.

—Eu ben o sei, non teñas medo. ¡Non o sabías ti tan ben cando largaches co Ramón Lamote!

—Ah, Lamote é distinto.

—Si, eso é certo. Pero a min non fai falla que me veñas agora lembrando ese segredo, nin a ningún dos de Fóra. Seremos tolos, pero non somos parvos, e ben sabemos que Trasmundi é a nosa patria verdadeira, e aínda que non vivamos nela a ninguén se lle ocorrerá traizoala endexamais.

—Non quixen ofenderte, Crisóstomo. Foi un falar.

O toxo estaba aínda en flor nos sitios a onde o incendio non chegara. Polo aire revoaban as pegas, e os paxaros pequenos buscaban a vida mesmo pola terra queimada, que empezaba a revivir. Un saltón pousouse no xeonllo de Fortunato, e quedou dubidando para onde iría.

—¿E ten boas troitas este río? Podiamos ir un pouco máis arriba e colliamos dúas ou tres pró xantar.

—Pois vamos. ¿E do outro, decidícheste xa? A min éme igual, con tal de que non te queiras ir só.

—Decidín. Mellor quedamos por aquí, e a ver que amigos tes. E despois vés comigo a Trasmundi.

—Eso xa o falaremos despois.

15

Onde Fortunato regresa a Trasmundi

Morría o día sete de xullo, e Fortunato e Crisóstomo agardaban ó carón do río Grande, que saía da montaña con algo menos forza, pola moita sequía. Púxose o sol, e aínda a lúa tardou un pouquiño en asomar por detrás da alta montaña que pecha Trasmundi.

—Tamén é boa sorte que a boca dos vales estea tan ben cerrada –dixo Crisóstomo–. Porque senón había ser ben difícil facer o disimulo.

—Ó mellor dábase feito igual, que a necesidade afía a intelixencia. O principio do método non variaría, e a diferenza sería cuantitativa, non cualitativa.

—¡Moito adiantas na filosofía!

A lúa escintilaba de inxergo sobre das augas lentas, case durmidas. Os ameneiros arrolaban o seu sono movendo as follas ó compás da airexa. Crisóstomo ergueuse e osmou contra o vento.

—Vén alguén.

Por entre unhas ramallas asomou a face asustadiza de Ladislao, axexando para tódolos lados.

—Aquí estamos, ho, á beira do río.

O recén chegado saíu da ramallada. Traía ó lombo un zurrón grande, e parecía pesado. Avanzou mirando aínda con desconfianza.

—¿E estades vós sós?

—Polo de agora non chegou máis ninguén. Pero non teñas medo, que a xente grande por aquí non vén moito.

—Nunca se sabe. ¿E tivestes boa viaxe?

—Non hai queixa. ¿E que traes nese saco, se pode saberse? ¡Moito che pesa!

—Évos mel novo, da primeira esmelga. Algúns dos meus trobos naturais adapteinos ó sistema moderno, que o aprendín polo libro de Benigno Ledo. É o sistema dos favos móbiles.

—En Trasmundi témoschos case todos así –dixo Fortunato–, desde hai xa mil anos.

—Non pensei que estivésedes tan avanzados. ¿E van vir aínda outros, ou non deches convencido a ninguén?

—Aínda non o sabemos. E mais xa tardan. Se cadra xa non veñen. E ser era pra hoxe, que a lúa está chea.

—¿E vosoutros ceastes? Porque eu non tiven vagar no camiño, que viñen correndo.

—Tamén puideches saír con máis tempo.

—Boh, case estiven a non vir. Tamén deixar as abellas... Pero acabei decidíndome, por aprendervos a facer o hidromel. Vaia, e o do fútbol tampouco non está mal, despois de todo. Aquí Fóra nunca puiden xogar tranquilo, se acaso me descubrían entre os nenos. Aquí Fóra évos un sitio moi pouco seguro.

—Razón non che falta.

Fortunato estendeu un mantel entre os tres, nunha laxe que había, e puxo nel un bolo, roubado por Crisóstomo na súa aldea, e mais un queixo curado. O Ladislao tirou do seu saco un tarro de mel.

—Esto de sobremesa.

Cearon calados, por escoitar se chegaba alguén. A noite era morna, a brisa non moita, e estábase ben. O mel era de uz, e do mellorciño.

—Os de Vigo parece que non veñen –dixo Crisóstomo–. Xa hai dúas horas que é noite.

—Pois agardamos aquí, por se acaso. Veñan ou non, deica mañá non podo mandar recado pra que nos larguen a barca. E poñerse a cruzar os montes non, sobre todo de noite, que son moi precípites. Agora que vir, non virán. Xa non tiñan moita gana. ¡E que lle imos facer!

O luar era clarísimo. Fortunato quitou do peto o libro de João Verde e púxose a ler nel contra o final, onde dicía

Terrinha de meus paes, livre de fôro,
oiro de sol e prata dos meus rios!

Ladislao e Crisóstomo durmían baixo das súas mantas. A lúa estaba no alto, e Fortunato sentíase inquedo, case desexando que chegase o día dunha vez. De súpeto, ergueu as orellas e abriu as ventas do nariz. Entroulle un olor mesturado de persoal e viñoso, e sentiu unha cántiga coñecida.

Ondiñas veñen,
ondiñas veñen e van...

—¡Crisóstomo, Crisóstomo Bocadouro, esperta, ho! ¡Veñen por fin! Seguro que se atrasaron porque viñeron bebendo todo o camiño.

—¿Quen vén, quen vén? ¿Onde me escondo? –tremeu Ladislao.

—¡En ningures, pasmón! Son os nosos amigos de Vigo, que por fin chegan. Estaba seguro, tiñan que vir.

—Estar estarías moi seguro –dixo Crisóstomo–, pero hai un cacho disimulábalo ben. Anda, vámoslles saír.

Eran tres, aínda que estarabouzaban tanto coma se fosen vinte, todos coas súas botas de coiro ó lombo, e polas trazas xa non moi cheas. Abrazáronse moi efusivos a Fortunato e a Crisóstomo.

—¿E este cativeiro quen é?

—Pequeno será, pero xoga tan ben coma vós, ou mellor. E chámase Ladislao, que ten nome.

—Ah, chamándose así xa pode xogar.

—¿E logo como vos demorastes tanto? Xa pensabamos que non viñades.

—¡Non habiamos vir! E chegamos puntuais, xustiño coa lúa chea.

—¡Hóuboa xa toda a noite!

—Oes, rapaz, nosoutros sómosche da cidade, e vivímosche cientificamente. Mira este reloxo, que marca a unha e vinte da noite, digo, propiamente falando, da madrugada do oito de xullo.

—Máis ó meu favor, que ser é ben tarde.

—¡Non che digo que nosoutros nos rexemos por calendario! Mira o que pon este aquí.

E sacou un folleto azul, que era o mesmo almanaque do Xosé da Rega de Palas de Rei.

—Aquí dicho ben claro: «Estalicada o 8 á 1'23». ¡Aínda chegamos cuns minutos de adianto!

—¡Pois é verdade! E esto de estalicada, quererá dicir logo chea, ¿ou?

—Claro, enténdese ben, polo debuxo. E menos mal, que noutros meses ponlle carifarta, ou arrichada, ou amoreada.

—¡Ou espellante, aquí na de agosto! ¡Carallo pró crego, que ten un vocabulario ben divicioso!

—Pois anda que ti.

O resto da noite pasouse en escorrichar as botas de todo e en cantar con voces cada vez menos compasadas. Só contra a alba pensaron en durmir un pouco, e foron espertando a media mañá, espreguizándose e maldicindo a Fortunato, que lles metía présa. O sol quentaba de firme e brillaba cegador nun remanso das augas. Espíronse todos e tiráronse ó río por compensar coa frescura a falta de durma. Xogaron un cacho na auga, e saíron sacudíndose coma cans para esqueirarse. Un dos de Vigo abriu o saco para coller unha muda, e víronse uns carabullos pola boca.

—Mira, mercamos uns bacelos, xa enxertados. Treixadura e verdello. Pra introducir o viño en Trasmundi.

—Non se vai dar, que por aquí non hai vide.

—Nunca se sabe. O Estanislao leu nun libro que en tempos tamén o ten habido por estas terras. Seica se sabe polo catastro dun tal Marqués da Ensenada. Ben, e agora veña pra Trasmundi. ¡Viva o Cuspedriños de Riba! ¡Hai que roelo!

—Agarda razón, que aínda hai que mandar un recado.
Fortunato empezou a berrar moi forte e dunha maneira especial. Unha grea de corvos andaba revoando, e un deles gazmeou, separouse dos outros e veuse pousar nunha pedra, fronte de Fortunato, e quedóuselle mirando.

—A ver, repite comigo: «Chegou Fortunato, botádelle a barca».

O corvo moveu a cabeza dun lado a outros varias veces, e non dixo nin palabra.

—Recoiro, pois non sei que che pasa. ¿Non queres facerme un favor?

O corvo mirou para el fixamente. O sol feríao de inxergo, e brilláballe nos ollos. Parecía rir.

—Agarda un instante, que che vou dar un bo argumento.

Botou a man ó macuto e sacou o queixo que quedara da noite antes. Coa súa navallica cortouno en anacos pequenos. O corvo miraba, moi interesado.

—O queixo haicho que gañar, meu santiño. Ven aquí, Crisóstomo. A ver, di comigo: «Chegou Fortunato, botádelle a barca».

Crisóstomo díxoo, e Fortunato meteulle na boca un cacho de queixo. O corvo miraba prós dous moi serio mentres repetían a acción outras dúas veces.

—Agora ti, señor corvo: «Chegou Fortunato, botádelle a barca».

—Goufuná tádellacá.

—Hai que dicilo mellor. Un cachiño pequeno, pola intención, e agora a repetilo outra vez: «Chegou Fortunato, botádelle a barca». E amosáballe un anaco máis grande.

—Chegou Fortunato, botádelle a barca —berrou o corvo a pleno pulmón. Só prendía un pouco nos erres. Fortunato deulle o resto do queixo e acaricioulle a cabeza.

—Agora vas ó outro lado e dás ese berro ata que che doia a gorxa. E se outro día queres máis queixo, xa sabes onde tes un amigo.

O corvo deulle á cabeza para arriba e para abaixo varias veces, pegou un brinco e agarrouse coas ás ó aire.

—¡Chegou Fortunato, botádelle a barca! ¡Chegou Fortunato, botádelle a barca! —E perdeuse tralo cume do monte, cara á Chaira da Palma.

—Pois en Trasmundi moito de astronomía non saberedes —dixo un de Vigo—, pero tedes outras ciencias ben interesantes. Se cadra aínda se aprende algo.

—A min non che me estraña nada o suceso —comentou Crisóstomo—, e eso que nunca tal vira, pois xa sabía por unha fábula que os corvos son moi amigos do queixo. E o corvo cando ten fame faille caso a quen o chame.

Pouco tardou en apartarse a cortina vexetal que disimulaba a fenda do monte, apuxada pola popa da barca. Fortunato mandou cargar nela as equipaxes de todos.

—Hai que facer dúas viaxadas, que pode afondar.

Decontado volveu a barca baleira, e desta volta subiron eles. Ladislao mirou con certa prevención para o escuro boqueiro.

—Non teñas medo, que é un sistema moi probado.

—Non teño medo, é que tremo coa friaxe.

Asclepiodoto dáballe ó veo do carrete, axudado por un dos seus portadores. Fortunato saltou a terra e abrazouse a seu pai.

—¡Ai, meu vello, moito me tardaba verte! ¿E a miña cabra, tamén está ben?

—Véuseche prá miña casa. ¿E que fas con ese bigote, caracho? ¡Ti non tes barba!

—Éche postizo.

—Pois xa mo estás quitando da cara. ¡Vaia moda que traes! ¿E quen son logo estes que veñen contigo?

—Xa che contarán eles, que veñen pra quedar varios meses. Este máis vello foi o meu guía por Fóra. Chámase Crisóstomo Bocadouro, e é filósofo natural.

—Pra servirte e darche gusto, señor rei. Pero eu non alongarei moitas xornadas a miña estadía, porque as miñas grandes ocupacións requiren allures a miña presenza.

Ían pola orela do río, e os portadores levaban a angarella baleira. Fortunato camiñaba co brazo por enriba dos ombros de Asclepiodoto, e custáballe traballo abranguerllos.

—¡Parece que engordaches! Mira, traio comigo os mellores futbolistas do mundo. ¡Agora si que vai ser!

—Deso xa falaremos.

O corvo pasou revoando por enriba deles.

—¡Chegou Fortunato, botádelle a barca!

—Cala, ho, que xa ma botaron. ¡E moitas grazas! Ven cando queiras ó queixo.

O paxaro saudou describindo un círculo no seu voo, e perdeuse cara abaixo do río. Na capital federal había un grupo de xente que esperaba a comitiva. Fortunato viu a Hermelinda, e cambióuselle o paso. Fixo por repoñerse, e berroulle.

—¡Pró ano xa veredes! ¡Hámosvos dar unha boa pallosca!

—Non te poñas tan chulo, que aínda che vai ser peor. Ti vai primeiro á túa parroquia. Eu non che digo nada, pero vaia.

—Anda, vaite prá casa –dixo Asclepiodoto-, que me parece que están reunidos agardando por ti. Queríanche dar eles a noticia.

—¿E logo que noticia hai? Xa me estades cansando coas vosas indirectas.

—Ti vai, que o has de saber a tempo. Eu quedo aquí, por se acaso. ¿E ti, señor Crisóstomo, queres parar na miña casa? É que eu quería saber que é logo a filosofía natural. O xantar quedaba feito.

—Ningunha cousa pode compracerme máis ca ilustrar a tan ilustre vello nas argucias do siloxismo, sexa natural ou artificioso; por eso non é preciso sequera que recorras á miña gula pra inclinarme a obedecerche. Deica logo, compañeiros. Xa nos veremos cando o sol volva alumear a doce terra de Trasmundi. Pero non veñades moi cedo, se pode ser.

Na entrada do val de Cuspedriños de Riba estaba xunta a maior parte da parroquia. Os vivas e os aplausos mesturábanse coas risas, e quen máis alto se ría era o Robustiano. Fortunato empezou a amuarse.

—¿Que é o que pasa aquí? ¿Teño monos na cara, ou que? Sequera tede un pouco de educación con estes que veñen comigo, que xogan ó fútbol como nunca se viu nas sete parroquias. ¡Ben me agradecedes a miña viaxe! ¡Cos traballiños que pasei!

—Ouh, seguro, por eso vés tan desarañado e tan fraque. ¿E agora pra que van servir os teus futbolistas, santiño?

—Pra gañar a liga, pra que han de servir.

—¡A liga! ¡A liga de billarda, Fortunatiño! ¡Xa non che hai máis liga de fútbol!

Fortunato sentouse nunha pedra coa cabeza entre as mans. As gargalladas redobráronse, e mesmo lle pareceu –aínda que tiña os ollos tapados– que Ladislao e os vigueses non eran os que rían máis baixo. Agarrouse ós pelos e estirounos ben, e logo tirouse polo chan e empezou a bater na terra cos puños pechados.

—Érguete, ho, que non é pra tanto. Logo dás vergonza. ¡Poñerse así por unha broma!

Levantouse por fin, non tanto pola reconvención coma porque mancara unha man nun coio mal posto, e quedouse mirando pra todos fite a fite.

—Sequera contádeme o que pasou aquí.

—Aquí pasou o que tiña que pasar, máis ou menos. O Asclepiodoto convocou asemblea das Sete Parroquias en pleno, unha semana despois de íreste. Andabamos ocupados na bota do millo, pero o rei é sempre así de oportuno. Total, que porfiou e rogou, e xuntámonos, eso que non tocaba aínda. E vén el, moi rufo na súa angarella, e sobe á tribuna e bota o seu discurso. Que o fútbol era un deporte estranxeiro, mirade que achádego, que total levabamos dez anos xogándoo e que a liga sempre terminaba igual, que era un aburrimento. Boh, resúmoche moito, el botou catro horas largando, e nós aturando. Total, que vai e propuxo que deixásemos o fútbol e que fixésemos un torneo multilateral de billarda, que así xogabamos todos, por eliminatorias, e que a billarda é o noso deporte nacional, e que non debemos deixar esmorecer as fermosas tradicións das nosas tribos, e que patatín e que patatán.

—¡A billarda! ¡Se a el nunca lle gustou! E aínda que quixera xogar, a barriga non lle deixaría agacharse abondo.

—Eso tamén llo dixemos nosoutros. Pero el insistiu tanto que xa ves. Ó final confesounos que era só por facerche unha cabronada. Nós así non o pensaramos, e ese foi o argumento que nos convenceu. Ademais, habíache de ser igual, que antes da xuntanza xa andara caciqueando por catro parroquias, e xa debía ter asegurada a maioría.

—E a Hermelinda, e as outras de baixo, ¿estaban de acordo tamén?

—Eran as que máis aplaudían. A min paréceme que empezaban a collernos algo de medo.

—¡E tiñan por que! Ben, xa vexo que agora non lle hai que facer. Ale, cada quen prá súa casa, ou pra onde queira, que eu vou prá taberna. A ver, compañeiros. ¡Xa non se pode fiar un nin de seu pai!

Na taberna só estaban os que a atendían. Sentáronse os cinco ó redor dunha mesa e pediron cervexa.

—¡E eu que lle mercara os sonetos do Petrarca á Hermelinda, pra darllos despois de vencela!

—Pois dállos igual. Así non tes que esperar.

—Pero ser non é o mesmo. ¿Non che gusta a cervexa, ou Ladislao?

—Coma o hidromel non che é. Agarda que o empece a facer, xa verás como se pón de moda.

—¿Logo quedas? ¿E vosoutros tamén?

—Este non parece mal sitio. Sequera uns meses quedamos. Non che imos faltar ó tratado.

—¡Pero falteivos eu! Agora xa non hai fútbol.

—¡Pois xogaremos á billarda!

Fortunato acomodou os tres vigueses nas casas de tres veciños, e levou a Ladislao para a súa. Xa Asclepiodoto lle mandara para arriba a cabra, que o recibiu de primeiras cun aceno de rancor. Pero non era máis ca un finximento, e axiña se puxo a brincar con el toda leda. Fortunato fixo unha tortilla de patacas, e despois de cear Ladislao deuse conta de que estaba moi canso.

Fortunato saíu dar un paseo pola beira do regato de Cuspedriños de Riba, e sen decatarse chegou á fonte da que nacía. A lúa escintilaba nas augas, e víase case tan lonxe coma se fose de día. As luces que brillaban polos fachinelos das casas íanse apagando pouco a pouco. Subiu deica o espiñazo do monte, e desde el vía os sete vales, e alá lonxe a casa do rei, coa luz aínda acesa. O innumerable rumor da noite invadía os seus oídos, e el compracíase en distinguir cada mínimo son e en atribuílo a cada súa noitarega, a cada seu insecto, a cada súa folla. O olor da mudurez e da colleita enchíao de mil sensacións, e unha raxada de trigo lonxano estremeceulle as ventas do nariz. Sentiu o arrepío da palla caendo ante o fío agudísimo da fouciña, rego arriba rego abaixo, e tremeu de pracer coa anticipación da seitura. A fresca brisa agarimoulle a pel dos brazos por entre os pelos arreites e pousoulle no dorso da man o pétalo dunha flor. A herba azoutáballe suavemente as pernas ó compás da airexa, e Fortunato arrincou do seu cosco unha cana delgada e tenra, boa para zugar. Sentiuna zumosa e agridoce entre os dentes. Os contornos das cousas de Fóra empezaban a perder as súas arestas, e as súas colores máis belas avivecíanlle na memoria. Mirou demoradamente ó redor de si e alegróuselle o corazón.

CENSO DE PERSOAS E ALGÚNS ANIMAIS

ABELARDO. Un de Celanova, o primeiro que probou o oficio da xastraría.

ACUÑA, FERNANDO. Secretario Xeral da Confederación Xeral de Traballadores Galegos.

ADALBERTA. Xogadora de fútbol, dianteira do Cuspedriños de Baixo.

AIMERICO. Autor dunha famosa guía turística medieval para uso de peregrinos xacobeos.

ALBANEL DE MONÇÃO. Moi cortés e enribirichado no falar, pero algo descoidado como xardiñeiro.

ALMANZOR. Adaíl musulmán. Parece ser que quería ser califa no canto dos califas.

ANANÍAS. Mediocampista do Cuspedriños de Riba.

ANICRETO. Un que vive no monte Leboreiro, pero que vai ir traballar de ovelleiro na granxa dun seu amigo.

ANTOLÍN FARALDO. Un dos artífices da heroica e derrotada Revolución do 1846. Con el tiña moita amizade un tal Heliodoro.

ANXO BARREIRO. Debía ser sarxento da Garda Municipal.

ARCEDIAGO DE MELIDE. Xefe carlista.

ARISTÓTELES. Un de Valdeorras que aprende moi ben a dialéctica escolástica.

ARTURO DE CARAÑO. Traballou en varios oficios, e un deles foi o de andar poñendo cine polas aldeas. Tamén é amigo do autor.

ASCLEPIODOTO. Rei electo de Trasmundi e pai de Fortunato. Bebe cervexa con profusión e gústalle botar discursos ben longos, aínda que non lle fagan moito caso.

AUTOMOBILISTA PRIMEIRA. Señora que para o coche para ofrecerse a levar a Fortunato e Crisóstomo. Preocúpase moito polos rapaces que andan sós polo mundo.

AUTOMOBILISTA SEGUNDA. Señora que para o coche para reñerlles a Fortunato e a Crisóstomo. Preocúpase moito polo destino das pólas de loureiro.

BARON PER CUI QUA GIÚ SI VICITA GALICIA. É o mesmiño señor Sant Iago, en perífrase de Dante Alighieri, cunha palabra trocada polo Crisóstomo. Pronúnciese *víchita*, non *vichita*.

BASILISA. Porteira do Cuspedriños de Baixo.

BELISARIO. Troiteiro. Vive con Rosalinda e cun fillo que están criando na cámara dun dolmen. O fillo aínda non ten nome, que é moi noviño.

BONIFACIO. Defunto amigo da Señora dos Raposos. É probablemente o mesmo Bonifacio Cataviños do que Crisóstomo conta a resistencia mortal que fixo contra os que asolagaron o vello Portomarín.

CABRA DE FORTUNATO. Quedaron algo a mal cando o Fortunato marchou de viaxe.

CABRA QUE MUNGUIRON NO CAMIÑO. Tiña un cabrito moi brincador.

CAMAREIRO DO DERBY. Non sabía como se fan os churros, pero ó mellor agora xa aprendeu.

CAN AMIGO DE CRISÓSTOMO. Dille onde están os ovos que as pitas poñen fóra do endego.

CARLOS O GRANDE. Ou Carlomagno. Unha hora, catando el contra o ceo, vío un camiño de estrelas que se começava sobre lo mar de Frisa et ía por ontre Alamaña et Italia et por ontre França et Aquitania et ía dereitamente por meogo da Gascoña et por Navarra et por España, et ía ferir en Galiza en aquel lugar onde o corpo de Santiago jazía ascondudo.

CARRACHO. Un que viviu no Portomarín antigo. Era amigo de Bonifacio Cataviños, e regalábale augardente.

CARRERÓ. Capitán e asasino.

CATIVO. Un que lle fai preguntas difíciles a Asclepiodoto, pois quere saber que cousa é unha moeda.

CEFERINO. Un que lle chamou chaíñas ó Fortunato, que ben o oíu.

CESÁREO RODRÍGUEZ. Bispo de Ourense que escomungou a Don Manuel Curros Enríquez por culpa dunhas poesías. Curros cabreouse moito e púxoo a parir n'*O Divino Sainete*.

CHINDASVINTA. Xuíza de liña.

CÓENGO DE OURENSE. Un galo moi emplumado.

CORVO. Faille un servicio ó Fortunato, a cambio dunha módica retribución en especie de queixo.

COXIÑO. Antigo sancristán de Portomarín.

CREGO. Da parroquia onde vive o Crisóstomo Bocadouro. Le pouca filosofía e é moi escrupuloso.

CRISÓSTOMO BOCADOURO. Tende a falar coma un secretario que houbo no xulgado de Monforte de Lemos. O seu nome é redundante, pois Crisóstomo significa precisamente Boca de Ouro en grego. En canto ó secretario de Monforte, poñamos por caso, cando ía saír e había cara de chover, dicíalle á criada unha frase tal que así, pero se cadra aínda máis peor: «Fiel fámula, tráiame vostede o artefacto preservativo dos elementos hidroatmosféricos». E ela entendíao.

CUPERTINO. Defensa do Cuspedriños de Riba.

CURIÑA. O que gardaba a porta do pazo do bispo de Ourense. Non gañaba para sustos.

CURUXÁS. Un de Palas de Rei que andou toda a vida fuxido dos franquistas. Morreu na súa cama.

DAGOBERTA. Dianteira do Cuspedriños de Baixo.

DARÍO DE OBRAS. Non sabe moi ben que facer cando desaparece a Rúa Nova, e non é estraño, que o suceso non era para menos.

DIOCLECIANO. Dianteiro do Cuspedriños de Riba.

DI STEFANO, ALFREDO. A frecha loura, un dos mellores futbolistas do mundo coñecido.

ESCULAPIO. Con este nome, non podía non ser médico.

ESTANISLAO. Vive en Vigo desde hai bastante tempo. Ten barba abrancazada, é moi paternal, e faise pasar por mestre de escola xubilado.

EUFROSINA. Dianteira do Cuspedriños de Baixo. Como non rima coas outras, parece sentirse un pouco fóra de lugar.

FELISINDA. Unha de Castrelo de Miño que vive en Vigo. É moi hospitalaria.

FERRÍN, X. L. MÉNDEZ. Un que ten pinta de camioneiro.

FILIBERTA. Dianteira do Cuspedriños de Baixo.

FILLAS DE ROSACHINTA. Son catro e non tres. A Rosachinta tamén ten xenros e netas e netos, pero os nomes non os poñemos aquí por non inzar a historia coa súa parentela.

FLORISMUNDA. Mediocampista do Cuspedriños de Baixo.

FORTUNATO. Porteiro, capitán e presidente do Cuspedriños de Riba e persoa principal desta verdadeira historia.

FRANCISCO BERNARDÓN. Alias San Francisco de Asís. Fundou un convento en Compostela e é autor dun poema fermosísimo que di, entre outras palabras únicas, «Laudato sie, mi' Signore, cum tucte le Tue creature, / spetialmente messor lo frate Sole, / lo qual è iorno, et allumini noi per lui».

FREDERICO MILHOMES. Escorrentou el só a Almanzor e mais ós seus mil cabaleiros arábigos.

FUTBOLISTAS MEDIANOS DE VIGO. Aparecen pouco caracterizados na historia. Tres deles van a Trasmundi, e chegan á cita bastante borrachos.

GAIFEROS DE MORMALTÁN. Guilhem X, derradeiro duque de Aquitania, que morreu en Compostela no ano 1137. É famoso entre nós polo romance que cantaba Faustino Santalices acompañándose coa súa máxica zanfona. Algún poeta moderno de aquí confóndeo, seguramente adrede, con seu pai Guilhem de Peitieu, que era máis poderoso có rei de Franza e que inventou coma quen di a poesía en lenga d'oc. Guilhem IX foi un gran putañeiro e un xenial humorista que facía moi pouco caso das escomuñóns eclesiásticas.

GAITEIRO MAIOR DE TRASMUNDI. Pretende que se esqueza e troque unha venerable tradición, pero non lle solda.

GUMERSINDA. Defensa do Cuspedriños de Baixo.

HELIODORO. Naceu cerca da Coruña, concretamente na parroquia de San Martiño de Dornela, onde cultivou a amizade de Pardo de Andrade. Máis tarde foise para Compostela, onde viviu primeiro de eclesiástico, e despois de descubrírselle que era un liberal, disfrazado de indiano rico. Recortara as orellas, e despois pesoulle.

HERMELINDA. A capitá do Cuspedriños de Baixo, e como tal, antagonista e penitencia do Fortunato.

HERMENEXILDO. Chamado Merexildo, por abreviar. Garda municipal xa vello, ourensán de orixe.

HIXEM II. Califa de Córdoba.

IAGO BRENTE. Ou Jacques. Peregrino a Compostela que antes fora ó reino do Preste Xoán e sabía caldeo.

JOÃO VERDE. Poeta portugués de fins do século pasado.

LADISLAO. Apicultor, tímido e axilísimo. Seu pai fora moi destemido e morreu de morte matada. Súa mai sobreprotexeuno, e así saíu el.

LIBERATA. A Señora dos Raposos. Conta ela mesma a súa historia.

LIBREIRO DE PORTOMARÍN. Amigo dos pais de Liberata, asasinado por unha partida carlista que obedecía ó arcediago de Melide.

LINO BRAXE. Radiofonista e poeta.

MALAQUÍAS. Centrocampista do Cuspedriños de Riba. Discute co Fortunato case ó final do primeiro tempo, pero non o convence.

MALVIDO, AGUSTÍN. Secretario Local da CXTG de Vigo.

MANUEL MURGUÍA. Amigo e discípulo de Heliodoro, cando este xa se facía pasar por indiano enriquecido como xinete nas carreiras de cabalos.

MARÍA DAS PITAS. Veciña de Crisóstomo Bocadouro. Ten unha parra diante da casa.

MARQUÉS DA ENSENADA. Ministro de Fernando VI.

MENDIGO VIGUÉS. Obreiro sen traballo.

MELICERTA. Era dianteira titular do Cuspedriños de Baixo, pero estaba lesionada.

MERA, MANUEL. Secretario Xeral da Intersindical Nacional de Traballadores Galegos.

MESTRE MATEO. O mellor escultor románico de Europa, ou sexa, do mundo. Fixo o Pórtico da Gloria.

MIGUEL DO PANADEIRO. Un de Melide.

MINGOS FUCIÑOS. Gaiteiro e gandeiro de ovellas. Unha noite que se perdeu nos montes de Bocelo encontrou con dous extraterrestres que andarían de viaxe de noivos.

MONTERROSO. Un amigo de Ramón Lamote que traballa de camareiro en Lugo. É tan redondiño de cara e tan sorridor que dá gusto velo.

NICOLAU FLAMEL. Libreiro de París. O camiño de Santiago colleuno, pero a verdade é que non se sabe se chegou ou non.

PAI DE FELISINDA. Pregunta pola filla e quéixase de que non o vén ver case nunca.

PAIS DE LIBERATA. Mártires da cultura.

PALLAREGO. Barbeiro de Mondoñedo que frecuentaba Crisóstomo Bocadouro.

PARDO DE ANDRADE. Manuel de nome. Escribiu un romance titulado «Rogos dun escolar á Virxe do Bo

Acerto para que libre a Terra da Inquisición». Fidalgo, crego e liberal, non tivo máis remedio ca morrer exiliado en Francia, o 6 de maio de 1832.

PARRADOS. Os fillos de Don Ricardo Parrado Abeixón, libreiro de Melide.

PARTIDA CARLISTA. Asasinos dos pais de Liberata e do libreiro de Portomarín, entre outros.

PEDRO DE MESONZO. Bispo de Compostela e amigo de Frederico Milhomes. Escribiu a «Salve» que aínda rezan os cristiáns católicos.

PITA. Unha que pon os ovos onde lle dá a gana, para beneficio do Crisóstomo. Corre bastante perigo de que os seus donos a convertan nun guiso, por improdutiva.

PORTADORES REAIS. Son catro. Unha chámase Aldegunda e non sabe moito de dereito federal. A outro chámanlle Afrodisio, pero non sempre responde. Dos outros dous non consta o nome. Os catro son bastante afeccionados ó bebercio, por non deixar que Asclepiodoto beba só.

PREGOEIRO. Fala cunha métrica moi estudada, e os trasmundiaos estímanllo moito, que é o que el pretende.

QUINTILIANO. Dianteiro do Cuspedriños de Riba.

RAMÓN DA BAILONA. Veciño de Crisóstomo Bocadouro. Un xuranfás de boca rachada.

RAMÓN LAMOTE. Un gran tipo. Para profundar no seu trato, léase o libro de Paco Martín titulado *Das cousas de Ramón Lamote*.

RAPOSA. Fíxolle de mai á Liberata cando a pequena quedou orfa.

RAPOSO. Un pequeniño que anda acotío detrás da Liberata, coma se fose un canciño.

RECESVINTO. Xuíz de liña.

RIGOBERTA. Dianteira do Cuspedriños de Baixo. Marcou o primeiro gol do partido.

RIZOS. Uns tipos moi animás, dos que fala Silvestre Fernández Fernández.

ROBUSTIANO. Dianteiro do Cuspedriños de Riba. Aspiraba a ser capitán, e metíase canto podía con Fortunato. Un cabeza dura, e bastante ignorante en materia de métrica.

ROSACHINTA. Rosa Portela Rodríguez nos papeis. Naceu en 1927 na parroquia de Bon, que é un dos mellores sitios do mundo.

ROSALINDA. Cría con Belisario o neno que aínda non ten nome.

RUDESINDA. Defensa do Cuspedriños de Baixo.

SALUSTIANO. Dianteiro do Cuspedriños de Riba. Fixo quedar un compañeiro co cu ó aire.

SECUNDINO. Defensa do Cuspedriños de Riba.

SEÑOR DO CAFÉ NA PRAZA DE MAZARELOS. Non consta o seu nome, pero segundo as circunstancias, trazas e falar, terá que ser o Antón Santamarina, catedrático de Filoloxía Románica.

SEÑOR LOURENZO. Dálle unha volta á Terra cada vinte e catro horas desde hai millóns de anos. Cando pasa por Trasmundi procura sorrir.

SEVERINO. Defensa do Cuspedriños de Riba. Marcou un gol, e non se sabe quen entrou primeiro na portería, se el ou o balón, tan cego ía correndo.

SEXISMUNDA. Centrocampista do Cuspedriños de Baixo.

SILVESTRE FERNÁNDEZ FERNÁNDEZ. Natural de Cuspedriños de Fóra, e enterrador por oposición no cemiterio de Pereiró. Había cerca de trinta anos que non bebía auga.

SIMPLICIANO. Dianteiro do Cuspedriños de Riba. Quedou co cu ó aire, e como se avergonzou bastante, fixo unha xogada moi boa para recuperar o seu creto. Na asemblea no club non quería nin oír falar de adestramentos prolongados.

TABERNEIROS DA TABERNA DO CERVO FANADO. Son máis ou menos coma tódolos taberneiros do mundo.

TRES DE CASTRELO DE MIÑO. Viven na mesma casa cá Felisinda, e dedícanse canda ela a un oficio que ó Crisóstomo lle repugna irracionalmente.

UN DA PICAÑEIRA. Fálase del noutro libro. Foi moi amigo dun xastre ó que lle chamaban Señor Aurio.

UN DE GONDOMIL. Acusa ós de Cuspedriños de Riba de teren sempre os árbitros a favor. Seguramente é o mesmo que introduciu o fútbol en Trasmundi.

UN DE MONDOÑEDO. Amigo de Crisóstomo. É, case seguro, Don Álvaro Cunqueiro.

UN DE NOGUEIRA DE RAMUÍN. Crúzase con Fortunato e Estanislao ó mencer nunha rúa de Vigo, e failles un sinal disimulado.

UN TABERNEIRO DE VIGO. Veu do lado de Viana do Bolo. É un gran falsificador amateur e amigo de Estanislao.

VELLA VECIÑA DE CRISÓSTOMO. Crisóstomo quérelle ben porque é moi sentida. Ten sona de meiga.

VELLA DE TRASMUNDI. Que se insulta deportivamente con Xustiniano.

VERMUDO II. Rei de Fóra no tempo de Frederico Milhomes. Viaxaba moi amodo.

VICENTE QUIROGA. Alcalde de Lugo. Convoca o Concello en pleno para facer fronte ó problema da desaparición da Rúa Nova. Foi discípulo de Ánxel Fole, e dise que o grande contista lle aprendeu a facer as catro regras con números romanos, pero non é verdade.

XOSÉ DA REGA. Un crego que fala moi raro. Regálalle a Crisóstomo un tratado en latín sobre as tres clases de alma, e a Fortunato un exemplar de «O Mintireiro Verdadeiro».

XUSTINIANO. Árbitro. Ten unha pata de pau e unha lingua de víbora.

ZAMORA. Mítico porteiro de fútbol citado polo garda municipal Merexildo para louvar a habilidade de Fortunato.

ÍNDICE